中公文庫

# 悪党の裔（下）

新装版

北方謙三

中央公論新社

# 目次

丹波
近江
延暦寺
六波羅
京都
摂津
山崎
摩耶城
久々知
山城
兵庫
湊川
尼崎
河内
笠置山
伊賀
信貴山
内
岸和田
赤坂城
千早城
葛城山
金剛山
泉
吉野
伊勢
大和
紀伊

美作
播磨
佐用庄
白旗城
赤松村
来栖庄
備前
船坂峠
矢野庄
福泊
千種川
讃岐
淡路
阿波
和
畿内図

# 悪党の裔　下

# 第七章　白き旗のもと

## *1*

急いではいなかった。

できることなら、もっと多くの時をかけたかった。いまひとつ、読みきれないところがある。わずかな読み違えが、一門の破滅に繫がりかねなかった。

病中の出陣であるという理由で、足利高氏《あしかがたかうじ》はしばしば行軍を停めていた。幕府から目付の役も負わされた、もう一方の大将名越高家《なごえたかいえ》も、高氏の病を気遣って、特に異を唱えようとはしなかった。

病は、癒《い》えている。それを、高氏は隠していた。もともと、いくらか風邪をこじらせた程度だったのだ。

待っているものがあった。それは、京に入る前に手に入れたい。それを手に入れたからといって、なにかがすぐに変るわけでもなかった。一応、両端を持しておきたい。鎌倉《かまくら》の幕府の命に従いながら、それが本意ではないということを、船上山《せんじょうせん》の帝《みかど》にも知らせておきたい。

この数ヵ月、高氏は畿内《きない》を中心とした叛乱の情報を得ることに腐心していた。楠木正成《くすのきまさしげ》が、金剛山《こんごうさん》千早城《ちはやじょう》に拠って、抵抗を続けている。赤坂《あかさか》城が落ち、死んだという噂まで流れた楠木正成が、一年ほど後に再び千早城に拠り、すでに数ヵ月耐え続けていた。二十万を超える攻囲軍が、千早城ひとつを落とせずにいるのだ。

そして播磨《はりま》で、赤松円心《あかまつえんしん》という悪党が挙兵した。赤松円心は風のごとく摂津《せっつ》に進攻し、一度は京まで攻めこんだという。いまも、摂津から京を窺う気配である。

これまでの叛乱とは、どこか違った。特に赤松円心の動きは、いままでの叛乱には見られなかったものである。内海《ないかい》でも、九州でも戦《いくさ》があったという。そして、隠岐《おき》に幽閉中だった帝が、脱出し、伯耆《ほうき》船上山に現われたのである。各地に、決起を促す綸旨《りんじ》が発せられているという。

叛乱が連鎖し、大きな波に乗ろうとしている、というように高氏には見えた。幕府は、千早城さえ落とせば、叛乱の根は断てるといまだに考えていた。帝が船上山にいるなら、それはすぐに落とせばいい。千早城ほど手強いことはあるまい、と誰もが考えていた。事実、楠木正成と呼応するように吉野《よしの》に拠って兵を挙げた護良《もりよし》親王は、さしたる抵抗もせずに落とされている。

足利が出陣したということで、鎌倉はひどく手薄になった。軍を翻《ひるがえ》していま鎌倉を攻めれば勝てる、と弟の直義《ただよし》などは考えているようだ。

高氏は、慎重になっていた。見きわめて、見きわめすぎることはない。叛乱の勢力だけで、幕府を倒すまでには至るまい。叛乱に、もうひとつ大きな力が加わった時が、幕府が倒れる時だ。その大きな力になり得るのは、自分をおいてほかにない。ならば、確実に倒せる時期を、慎重に見きわめるべきだ。

馬上でも、陣営でも、高氏はそれを考え続けていた。三河《みかわ》では、一門の重立った者たちが集まっていたが、北条《ほうじょう》をいつか倒すという決意を伝えただけで、いつどこで、ということは言わなかった。源氏の流れを汲む武士ならば、誰もが心に抱いていることを言っただけである。

ある夜、高氏は陣幕の外に気配を感じ、身を起こした。すでに、尾張《おわり》も過ぎようとしている場所だ。

「青霧《あおぎり》か？」

音もなく陣幕があがり、音もなく二人が入ってきた。

「浮羽《うわ》なる者を、伴いました」

青霧は、高氏が使っている忍びの頭である。赤霧《あかぎり》という弟がいるが、それは鎌倉に残してきた。自分がなにか事を起こせば、妻の登子《とうこ》と嫡男の千寿王《せんじゅおう》が危険に晒《さら》される。幕府の人質として、鎌倉にいるようなものなのだ。二人を脱出させるためには、武士よりも忍びの方が役に立つと考えて、赤霧を残してきたのだった。

周到に手配りはしてあるが、なにかをやるかどうか高氏は決めていない。

「浮羽か」

雑兵姿で青霧と並んでいる小柄な男を見て、高氏は言った。一度会っている。三河の陣営で、一門の者たちと会った日の夜、寝所に現われたのだった。女の姿だった。

「おまえは、男なのか、女なのか？」

「時によって、男にもなれば女にもなります」

赤松円心の手の者だった。赤松円心の命を受けて、会いに来たとも言った。全部を信じることはせず、話だけを聞いた。

「寝返る気があるかどうかを、また訊きに来たというわけか」

青霧には、会わせていた。どこか気にかかるところがあったからである。青霧に気づかれずに自分の寝所まで近づけたのは、僥幸と言っていい。次に来る時は、女に化けることもできないだろう、と思った。青霧は、不服そうではなかった。忍び同士で、認め合うところがあったのかもしれない。

「赤松円心は、いま前衛を山崎《やまざき》に置いて、摂津に滞陣しております」

「知っておる、そんなことは」

「街道や川の物流を止め、京を干上がらせようとしているのでございます」

それも、わかった。京は、人が多い。その上、軍勢までいる。淀《よど》川の物流を止められているのは、不気味な圧力になっているはずだ。高氏から見ても、卓抜な策と思えた。何度も京を攻めようとしないところに、赤松円心という男の非凡さも見ていた。

「なにを言いたいのだ、浮羽？」

「戦がすぐに起こる、という状態ではございませぬ」

「儂《わし》が行けば、戦になるぞ」

「その戦について、赤松円心は足利様と話をしたい、と申しております。戦がすぐに起きぬとなれば、赤松円心はしばしば陣を離れることもできます」

浮羽の眼は、じっと高氏を見あげていた。

「赤松円心は、足利様にお目にかかりたい、と申しております」

浮羽は、眼をそらそうとしなかった。かすかに、気圧されるような気分が、高氏を襲った。

赤松円心が自分に会いたいとは、どういうことなのか。少なくとも、自分は討伐軍の大将である。六波羅《ろくはら》の策謀、ということも考えられた。幕府も六波羅も、足利を信用してはいない。だから名越高家という、目付も付けているのだ。

高氏は、笑い声をあげた。浮羽の表情は動かず、まだ高氏を見続けていた。

「儂が、どこへ行けると思う、浮羽。大軍を率いているということは、その大軍の外には出られぬということだ」

「足利様は、どこへも行かれませぬ。赤松円心が、足利様のもとに参ります。そのためには、青霧殿のお力もお借りしなければなりませんが」

「なんと申した。赤松円心が、この大軍の中に、単身で来ると申したのか？」

高氏は、まだ笑い続けていた。浮羽が頷く。

「私が、赤松円心に命じられたのは、なんとしても足利様にお目にかかれるようにせよ、ということでございます。足利様の本陣へ単身で来ると、赤松円心は申してはおりませんが、それしか方法がないとなれば、来ると私は思っております」

「それはよいのう。闘わずして、儂は叛乱の大将の首をひとつ取ることになる」

「そして、いつまでも北条の下風に立たれるということにも」

「それでも、一門は安泰じゃ」

「いま赤松円心が倒れれば、倒幕の動きはまたも潰えます。二度と立ちあがることができぬほどに。そして足利様も、源氏の棟梁《とうりょう》たる家柄を、北条の従僕同然の立場に置かれることになります」

浮羽を見て、青霧が色をなした。それを軽く手で制して、高氏は浮羽のそばにしゃがみこみ、顔を近づけた。その仕草が意表を衝《つ》いたのか、浮羽の顔にはじめてたじろぐような表情が浮かんだ。

「女の匂いがするのう、浮羽」

吐く息が、届く近さである。浮羽の表情が、また少し動いた。青霧は、片膝をついた恰好で、じっと地面に眼を落としている。

「だが、女の匂いではない。女のような、男の匂いだ」

高氏は腰をあげた。

「伽《とぎ》を命じる。一刻《いっとき》後に、ここへ来い」

名越高家との軍議が、これから開かれることになっている。浮羽はなにも言わず、頭を下げただけだった。

ひとりになると、高氏は床几《しょうぎ》に腰を降ろして考えこんだ。

このまま進んで行けば、やがて伯耆船上山の帝を攻めることになるだろう。高氏の軍が到着する前に、船上山が落ちることなどは考えられない。

まず、京へは入らなければならなかった。六波羅との軍議を、はずすわけにはいかないのだ。そこから、西へ進む。どこを通ろうと、はじめにぶつかるのは、赤松円心である。六波羅も、それを期待しているに違いなかった。

播磨佐用《さよう》郡の悪党にしかすぎなかった赤松円心が、兵を挙げてからどういうふうに動いたかは、詳しく調べていた。悪党、野伏《のぶせ》りの集まりだけとは思えず、中核にかなり精強な軍勢を持っている。戦ぶりを見て、それははっきりわかった。蓄えもあるらしく、兵站《へいたん》で乱れてもいない。

じっと待ち、ここぞと思った機に挙兵したということだろう。悪党の蜂起と、安易には考えられないものがあった。ぶつかるならば、それなりの覚悟が必要である。

直義や高師直《こうのもろなお》の声が聞えてきた。軍議の刻限なのだろう。無駄なことだが、名越高家はそれで安心できるようだった。

ほどなく、全員が揃ったと従者が伝えに来た。

顔ぶれは、鎌倉を出た時から、ほとんど変っていない。話すことも、明日はどれほど軍を進めるか、ということぐらいだった。

「京を出たところで、播磨で蜂起した赤松円心とかいう悪党の軍勢にぶつかることになりそうですが」

名越高家が言った。六波羅や鎌倉と、どれほど連絡を取っているのか、高氏は知らない。

「それが、なにか？」

「いや、六波羅の軍勢を、摂津から追ったと聞きましたのでな。なかなか手強い敵かもしれません」

「ほう、名越殿は、悪党を怖れられるのか。どれほど人数を集めていようと、所詮は悪党。烏合《うごう》の衆に過ぎぬであろう」

「怖れている、ということではござらぬが、心して当たった方がよかろうと申しあげているのです。いたずらに時をかけるようだと、船上山に集まる者どもも増えましょうし」

「赤松なにがしとぶつかる時は、力で踏み潰そう。緒戦で押し潰せば、烏合の衆はどれほど多かろうと、乱れる」

「そうですな。播磨の小さな悪党に、足利殿の源氏の旗にたちむかう気力などありますまい。ただ、油断は禁物」

「あと二日で京じゃ、名越殿。六波羅の考えもあるであろうし、それを聞いてからでも遅くはあるまい」

六波羅は、赤松円心が手強いことを知っているだろう。だからこそ、自分とぶつからせようとするに違いない、と高氏は思った。

本陣に翻《ひるがえ》る、白い旗に高氏は眼をやった。源氏の旗である。鎌倉を出る時、それを自分に与えたのは、平氏である北条高時《たかとき》だった。

それ以上の話は出ず、軍議は終った。

「なにを見ておられます、兄上？」

ひとり残った直義が言った。

「旗だ。源氏の旗」

「さきほどの話ですが、赤松円心をただの悪党と思ってかかると、痛い目を見ますぞ、兄上。あれはただ者ではないと思います。楠木正成がただ者ではなかったように」

「直義、見ろ、あの旗を」

「あの旗のためにも」

「言うな」

「そうですな。口にしてはならぬことでした」

人に聞かれる、と直義は勝手に解釈したようだった。軍勢の半分近くは、名越高家が率いているのだ。

「赤松円心については」

「それは六波羅で話を聞いてからだ」

「六波羅では、大した敵ではないと申しましょう。自分たちが負けたのを棚にあげて。そして、足利軍を赤松とぶつからせるに違いありません」

「それをいやだと、六波羅に言えるか、直義？」

「少なくとも、足利軍が単独でぶつかるのは避けねばなりません」

「もうよい。儂は、旗を見ているのだ。赤松円心のことを、軽く考えてもおらぬ。案ずるな」

直義は、さらになにか言いたそうだったが、高氏は旗から眼を動かさなかった。

陣屋へ戻ると、浮羽が平伏して待っていた。

「なかなかの人気じゃのう」

「はっ？」

「おまえを雇った男のことだ。おまえの話が、まことならばだが」

「私は、赤松円心の手の者に相違ありません」

「信じてもよい。だから会おうという気にもなっている。ひとつ断っておくが、赤松円心を無事に帰すかどうかは、約束できぬ。首を刎《は》ねた方がよいと思えば、そうする」

「それも、赤松円心に伝えます」

「儂にとっては、闘わずして赤松軍を潰す、よい機会じゃ」

浮羽は、なにも言わなかった。

「赤松円心の伽もするのか、浮羽？」

「はっ、それは」

「するのか？」

「いたしません」

それを恥じたようにうつむく浮羽に、高氏はじっと眼を注ぎ続けていた。

## 2

近江鏡宿《おうみかがみのしゆく》に、二万の軍勢が滞陣していた。

隙のない、見事な構えである。攻めるとするなら、内側から攪乱するしかなさそうだ。

円心はしばし、陣構えに見とれていた。

「あの白旗と二つ引両の旗が翻るところが、足利の本陣でありましょう」

老婆姿の浮羽が言った。顔は皺《しわ》だらけで、声まで老婆のものである。

「その後方が、名越高家の陣でございますな」

陣備えには、大将の人柄が出る、と円心は思っていた。足利の陣と名越の陣は、確かにたたずまいが違う。足利の陣はどこか広々としていて、名越の陣ほど棘《とげ》を立てた感じがない。それでいて、隙は見えないのである。

「くどいようでございますが、殿」

「足利高氏が、儂の命の保証をしなかったということなら、もうやめておけ。足利高氏の人となりに賭けてみる。はじめからそう決めていたのだ」

狭量の大将でないことは、陣備えが物語っている。それで討たれれば、それまでの運ということだろう。自らの運を試す。挙兵した時から、そうだった。

倒幕の戦の鍵を、足利高氏が握っている、というのはずっと前からの円心の認識だった。武士というものは、必ずしも朝廷に従うとはかぎらない。おのが大将が朝廷に従っている時、そうするのだ。

幕府を倒すには、武士の力が必要だった。挙兵からこれまでの戦で、もう一度はっきりとそれを知らされた。悪党、野伏り、溢者《あぶれもの》を集めただけでは、巨大な武士の力には対抗できない。武士の力で武士を討つ、という考え方が必要なのである。

事実、船上山で集めた兵を、公家の千種忠顕《ちくさただあき》が率いて京を攻めようとしたが、六波羅の軍勢に迫られると、それほどの合戦もせずに丹波《たんば》へ逃げるという始末だった。従う兵も千種忠顕を棟梁《とうりよう》とは認めず、それぞれ勝手に動くので、兵数だけの力が発揮できないのである。長い間、この国では一族の長が、それをとりまとめる棟梁が、率いる戦が行われてきた。

足利高氏が倒幕の軍に加われば、源氏の流れを汲む武士は、こぞって参集し、その指揮に従うだろう。いまは、その力で幕府を倒すしかないのだ。千早城の楠木正成とて、いつまでももつわけがない。千早城が落ちれば、十数万の攻囲軍は、各地の悪党鎮圧に回されるだろう。五万を超える軍勢と常時対峙するとなると、円心にも播磨を守り切る自信はない。

いまの倒幕の戦は、楠木正成の全知全能をふりしぼった籠城戦と、京を牽制し攪乱する自分の戦の、いつ潰えるかわからぬ二つでなんとか成り立っているのである。

足利高氏を倒幕に踏み切らせるものは、なにか。円心が考え続けているのは、それだけだった。あるいは、足利高氏の肚《はら》は、倒幕で固まっているのかもしれない。それならば、そのきっかけを与えることが自分にはできるに違いない、とも円心は思っていた。

自分の手で、天下の行方を決することができるかもしれないのだ。それは夢というより、渇望に近いものとしてあった。

「入って行けるのかな、あの堅陣の中へ」

呟いた円心を、老婆姿の浮羽がじっと見あげてきた。手筈《てはず》はすべて、浮羽に任せてある。浮羽が自分を売る気になれば、かなりの銭《ぜに》で確実に売れるだろう。そういう疑心暗鬼は、捨てていた。挙兵した時から、信じていいと決めたものは、最後まで信じることにしたのだ。

「いましばらく、お待ちください。この丘にて、黒蛾《くろが》と落ち合うことになっております」

「わかっておる」

山崎の前衛には則祐《そくゆう》がいて、その後方の本陣は貞範《さだのり》に任せてきた。六波羅が、大きく動く気配がないから、できたことだった。六波羅も、足利軍の到着を待っているのだ。足利高氏が全国に号令をかければ、源氏の流れを汲む兵が数万は集まるだろう。

四半刻も待たなかった。

具足姿の若武者が現われた。

「昨夜、細川和氏《ほそかわかずうじ》、上杉重能《うえすぎしげよし》の二名が、足利の本陣に入りました」

腰を降ろした円心のそばに立って、黒蛾が囁くように言った。船上山の帝のもとへ行っていたのではないか、と推測できる足利高氏の腹心二名だった。船上山から戻ったという推測が当たっていれば、足利高氏は倒幕の綸旨を手にしたということになる。いかに倒幕の綸旨を手にしたところで、実際に戦を起こさないかぎり、なんの意味もないのだ。綸旨を握り潰すことなど、状況を見て平然とやるだろう。

「行けるか？」

「はい。丘の下に、二十名ほどの軍勢がおります。その軍勢に連れられて、殿は足利の本陣にお入りになれます」

どうなっているかは、わからなかった。ここに到れば、すべてを任せるだけである。僧侶姿の円心と老婆姿の浮羽が、黒蛾に導かれて丘を降りた。

騎馬武者がひとりと、徒《かち》の軍勢だった。周囲を憚《はばか》る様子はまったくなく、ゆっくりと陣営に近づいていった。浮羽も、もう喋ろうとはしない。

陣営はゆったりとした感じだったが、兵たちの士気まで緩んでいるというのではなく、いつでも戦にむかえる覇気は溢れていた。足利高氏という大将の、人となりが出ているようにも見える。

円心たちの一行は、陣営の中で三度ほど止められたが、すぐに通行は許された。騎馬武者が、なにを示したかは、よくわからなかった。

鏡宿のはずれにある、小さな屋敷だった。目立ちはしないが、警戒はかなり厳しい。

中庭でしばらく待ち、円心ひとりが縁から部屋へ案内された。

質素な部屋で、茵《しとね》が二枚敷いてあった。そのひとつを、案内の若い武士から勧められた。

軽い足音がし、板戸が開き、直垂《ひたたれ》姿の武士が入ってきた。円心は、脇差の二つ引両の紋に眼をやり、膝に手をついたまま頭を下げた。

「軍勢を京に入れるのに、兵糧とか宿舎とかの準備を待たねばならぬ。来ることはわかっていたのに、手際の悪いことよ」

お互いに、名乗りはしなかった。眼が合った。足利高氏の眼には、どこか怯えた気弱なところがあり、それが悲しみの色に近いようにさえ感じられた。

それがすべてだと、円心は思わなかった。この男の眼は、時により、状況により、さまざまに変化しそうな気がする。兇暴になることもあれば、慈愛に満ちることもありそうだ。

「しかし、ようここまで来る決心をなされた」

「播磨の、悪党にすぎません。失うものがなにもありませんでな。家名も、一門も、富も。そう思えば、なんでもできます」

「男には、志があるのではないかな。そして死ねば、それを失う」

言って、高氏はにやりと笑った。円心は、高氏の眼を見続けていた。

「死ぬことを怖れて失う志も、またありましょう。それがしは、そう思います」

「きれいごとじゃな。悪党とは、そのようなものかのう」

「確かに」

円心が笑った。高氏の顔からは、笑みは消えている。円心の次の言葉を、待とうという表情だった。しばらく、沈黙が続いた。

「勝つためには、なんでもする。これも悪党でございますな」

「なんでもか。それもまた違う、という気もする」

「生きる。死ぬ。時に応じて、どうにでもなれましたな、ふり返れば。勝手に、ありのままの自分を生きる。それが悪党かもしれません」

「わかりやすくなってきた」

高氏は、じっと円心を見ていた。はじめの、どこか怯えたような眼の色はない。もともと、怯えてなどいるはずもないのだ。

「楠木正成をどう思う、赤松殿？」

「ほう、それがしが赤松円心だと」

「名乗りはせぬ、お互いにな。お互いが誰だかも知っている。つまらぬ気遣いは無用にいたそう。儂を、足利高氏と呼んでくれてよい」

「楠木正成は、当代一の武将でございますな、足利高氏殿」

「ほう、赤松殿を凌《しの》ぐのか？」

「足利殿さえも」

「儂は、北条に牙さえ剝《む》けぬ腰抜けと、一門の者にも思われておる」

「牙は、剝く時まで隠しておくものでございましょう」

「赤松殿も、そうであったな。播磨に赤松円心という悪党がいる。それを六波羅が知ったのも、つい最近のことではないのかな」

「播磨は、六波羅の直轄でございましたのでな」

円心が笑うと、高氏も笑った。高氏の眼に、不意に野性の色が滲み出した。ほんの短い間にも、眼の光はさまざまに変る。こういう男を見るのは、はじめてだった。

「どうだ、六波羅は強いか、赤松殿？」

「強い、と言ってよいでしょうな」

「それで、糧道を押さえているか。しかし、すぐには音をあげまいな」

「すべてが、膠着でござる。どちらが勝つにしても、膠着を断ち割る鉈《なた》が必要でございますな」

「儂が鉈か」

「どういう鉈におなりになるかは、それがしにとっては賭けのようなものでござる」

「賭けとは、よく言うものよ。儂は船上山を攻める幕軍の大将。そのまま幕軍であり続けて当たり前だ。鉈で断ち割る薪を取り替えてしまうというのは、赤松殿にとって虫のよい話ではないかのう」

「それがしに虫がいい話が、足利殿にとっても虫がいい場合もあるわけで」

円心が言うと、高氏は声をあげて笑った。眼から、野性の色は消えていない。それは円心を気圧すほど、強い光だった。

「楠木正成に会ってみたい」

呟きのような声だった。

「ほう」

「赤松殿の戦ぶりは、儂にはわかる。弓をよく使う。徒立ちと騎馬をまとめて、機敏に動かす。地形をよく利用する。勝つためには、石も投げる。間違っても、坂東《ばんどう》武者のような騎馬だけの懸け合いはやらぬ。儂も、少勢であったら、そうしたと思う。しかし、楠木正成はどうじゃ。少勢で野戦もやれば、数百倍もの攻囲軍をひきつけて、籠城戦もやる。なにが、楠木正成をそうさせているのか、とよく考える。いや、なぜあのようなことができるのか、と考える」

「ひとつひとつをとってみれば、それがしにも思いつく戦法でございます。それが三つ四つどころか、いつまでも尽きることなく続き、組み合わされる。それが楠木正成でございましょう」

「会ってみたいな。赤松殿には、こうして会えた。楠木正成とも、会ってみたい」

「楠木が、いかに鬼神のごとく闘おうと、このままではいずれは千早城は落ちます」

「儂も、そう思う」

「それを待たれて、足利殿によいことはなにもありますまい」

「そうかな」

楠木正成の戦も、自分の戦も、鎌倉にいてしっかりと調べあげている。どうやれば勝てるか、という方策も練っているのかもしれない。摑みどころのない男だが、周到なところは持っているのだろう。眩惑しながら、いつの間にか相手を自分にひきつけてしまうなにかも、持っているようだ。

高氏の陣屋の周囲は、しんと静かだった。はじめて、円心はそれに気づいた。馬蹄の音は遠く、人声はまったく聞えない。

「そろそろ帰られたがよかろう、赤松殿」

「そういたしますか」

「ひとつだけ望みを言っておこう。京から、儂は山陰道を通って、伯耆へむかうことになろう。名越高家殿とは、別々の道を進む。できれば、その行軍を誰にも邪魔されたくはないのだ」

邪魔をするとなれば、山崎にいる自分以外にいない。もうひとつ考えられるのは、足利軍が寝返ると見た場合、名越高家の軍がその進軍を妨げることだ。そうなると、足利軍は名越軍と六波羅軍の挟み撃ちに遭いかねなかった。

円心は、軽く一礼した。高氏は、茫洋とした眼で円心を見ている。

「儂も、悪党なのだ、赤松殿」

おのがためにだけ闘う、と高氏が言っているような気がした。しかし円心は訊き返さなかった。悪党と高氏が言っただけで、円心のなにかに触れてくるものがあった。寝返らせたければ、そうしたくなるようにしてみろ。気に入ったら、乗ろうではないか。郡代屋敷の穀物倉でも襲おう、という談合でもしたような気分に、円心はなった。

「御坊のお帰りじゃ」

高氏が声をあげた。若い武士が三人だけ、中庭に入ってきた。

## 3

近江から山崎に戻ったその足で、円心は摂津、河内《かわち》の国境に滞陣している、大塔宮《おおとうのみや》のもとへ行った。

「足利に、京を攻めさせるのか、円心？」

「攻めるかどうかは、わかりません。綸旨は手にしたでありましょうが、自分が不利になれば、握り潰しましょう」

「それでも、足利に京を攻めさせようと考えているであろう、円心」

「御意」

「私のもとに、次第に兵が集まりはじめた。ほかの陣にいる兵まで集めれば、二万近い軍勢になると思う。それでも、われらだけで京を攻めるのは、無理かのう」

大塔宮の考えは、よくわかっていた。北条を倒したところで、別の武家が大きな力を持つようになれば、第二の北条になりかねないというものだ。

足利高氏が寝返れば、確実に北条は倒せるが、同時に武士の中で足利の力も強くなるだろう。足利の幕府ということも、考えられないわけではない。

大塔宮は、北条を倒すと同時に、長く続いてきた武士の政権というものも、断ち切ろうとしているのである。そのために必要なものは、朝廷独自の軍事力だという、明確な認識も持っていた。楠木正成を、名和長年《なわながとし》を、そして円心を、朝廷独自の軍勢の大将にする。

領地は持たず、軍勢を預かるだけである。武士のすべても、領地は朝廷に返上する。武士を続けたい者は、朝廷の軍勢に組みこまれ、武士をやめたければ、土を耕せばよい。

朝廷が、名実ともにこの国を支配する方法は、それしかないと大塔宮は考えている。そのために、自分の生を朝廷直轄軍創設のために捧げようとも決心している。自分の生があるうちにそれができれば、と考えているのだ。

わかりすぎるほど、円心にはその考えがわかっていた。その純粋な考えに、賛同したい思いもどこかにある。

大塔宮の話では、そうなれば軍勢は三十万で充分なのだ。それで外敵からも、この国を護ることができる。三十万の軍勢しか養わなくていいのなら、この国はもっと豊かにもなれる。

どこか夢のような気もするが、天皇親政ということになれば、それが現実に一歩前進することも確かだった。あながち、夢とばかりは言いきれないのだ。

「足利が京を攻めるとなれば、後に大きな力を持つようになろうな」

「武士はまず、足利に従いましょう」

「足利が、朝廷におとなしく従えば、それでよい。少しずつ武士というものをなくしていく政事を進めればよいのだ。武士が領地を支配する。それを幕府がさらに支配する。そうやって、この国の秩序は長い間保たれてきた。それを急激に変えるべきでないことは、私にもわかっている。わが生がある間に。そう思うだけだ」

大塔宮は、まだ若かった。五十五歳になった円心とは違う。大塔宮の夢をわが夢にすることはできまい、と心の底では円心は思っていた。ただ、こういう大塔宮が、円心は嫌いではなかった。

「すべては、幕府を倒してからということになるのだろうか、円心？」

「帝が、自ら政事をなされるのかどうかです。なされるならば、どういう政事なのか。それによって、いろいろ見えてくるものもあろうかと思います」

「帝の、御親政になることは、間違いない。そのための、倒幕の戦ではないか」

円心が挙兵したのは、朝廷のためではなかった。北条を、六波羅を倒す。それがあっただけだ。悪党の戦とはそういうものだ、という思いもある。

楠木正成がどうなのかということは、このごろしばしば考えることだった。

「足利が、中立であることはありますまい。敵になるか、味方になるかです」

「そして、おまえは味方に引き入れることができると言うのだな、円心？」

「人の心の底までは、測りかねます。ただ、足利が敵に回れば、倒幕は困難な戦になりましょう。足利を引き込むための戦に、それがしはおのが命運を賭けようと思います」

「わかった」

大塔宮が、円心を見つめて笑った。

「すべては、倒幕を果してからだ。倒幕も果さぬうちに、その先のことを論じるのも意味がない」

「お許しいただけますか？」

「私は、千早城の攻囲軍をここで押さえなければならぬ。それが大事だということも、わかってきた。京を攻めるのは、おまえに任せよう。たとえ足利高氏とともに攻めようと、異存はないぞ」

円心は、頭を下げた。

「死ぬなよ」

退出する円心の背に、大塔宮はそう言葉をかけてきた。ふり返り、もう一度円心は頭を下げた。

馬のそばで、小寺頼季《こでらよりすえ》の大きな躰が待っていた。

「大塔宮様は、美しい夢をお持ちだ。改めてそう思った。高貴なるがゆえに、持てる夢なのであろう。儂など思いも及ばぬ」

「激しさも、失ってはおられません。内に籠っているだけ、御自分でも扱いかねておられます」

「いまひと息だ、頼季。楠木殿をはじめとして、誰もが耐えておる」

「則祐殿は？」

「山崎の前衛におる。京まで押しては行けぬ戦に、則祐も耐えている」

頼季が轡《くつわ》をとり、陣のはずれまで付いてきた。

「京で会おう、頼季」

言って、円心は馬に鞭《むち》を入れた。

山崎の後方にある本陣に帰ったのは、暗くなってからだ。

円心はすぐに、諸将を集めた。山崎の前衛から、則祐も呼び戻した。

「陣立てを変える」

「六波羅を、攻めますか？」

則祐が身を乗り出してきた。

「山崎の前衛を半里前進させ、そこに全軍を結集させる」

「なんのためでございます？」

「鎌倉から、足利勢を中心とする大軍が入京する。それは、船上山を攻める軍勢だ」

「足利が入京する前に、六波羅を攻めるべきではありませんか、父上？」

「無理を申すな、則祐」

「しかし、われらだけで足利の軍勢をどうやって止めろと」

「戦をして、勝つだけよ」

則祐が黙りこんだ。ほかの諸将も、なにも言おうとはしない。足利、名越の軍勢を合わせて二万だが、丹波には足利の領地があり、そこにもかなりの軍勢がいるだろう。下手をすると、挟撃に遭いかねない。

「とりあえず、全軍を山崎より半里京に近づける。弥次郎《やじろう》も二千の野伏りを率いて付いて来い。五千の軍勢がいれば、足利も軽率には動けまい」

「なにか、考えておられますな、殿?」

河原《かわはら》弥次郎が、にやりと笑って言った。景満《かげみつ》の代りは、弥次郎がやるようになりつつある。

「考えている。だが、いまは言えぬ」

「わかり申した。殿は、負け戦はお嫌いじゃ。勝てると思って軍勢を進められるのであろう。いまは、なにも訊きますまい」

諸将が頷いた。

翌朝から、軍勢が移動しはじめた。はじめに数百を進め、逆茂木《さかもぎ》で砦を作らせた。京を攻めるのではなく、そこで足利の軍勢を迎え撃とうという構えを、六波羅に見せるためである。

砦がある程度できあがってから、全軍を進めた。円心の本隊が三千。弥次郎の率いる野伏り、溢者《あぶれもの》も、三千に増えていた。

「光義《みつよし》、騎馬隊五百を組織せよ。おまえはそれで敵を崩し、弓隊が存分に矢を射かけられるところまで導くのだ」

ある夜、円心は中山《なかやま》光義と佐用範家《さよのりいえ》を呼んで言った。

「ということは、弓隊は敵の中核を、大将を狙うということですか？」

「そうだ」

「足利高氏を？」

「光義、おまえは足利高氏になにか思い入れることでもあるのか？」

「そうではありませんが」

幕府方で、寝返るとしたら足利であろうと、光義も考えているようだった。その足利高氏を討つことに、光義が逡巡《しゅんじゅん》するのもわかった。

「おまえは、幕府に心を寄せているのではあるまいな」

「滅相もない」

光義が、血相を変えた。

「ならばよい。今度の戦は、大将を討てるかどうかに、勝敗がかかっていると儂は思っている。範家の強弓《こわゆみ》が役立つ時よ」

範家は、黙ったまま頷いた。

京の軍勢の動きは、浮羽と黒蛾から逐一入るようになっていた。

四月二十七日、浮羽の手の者が円心のもとに知らせを届けにきた。名越高家が大手、足利高氏が搦手《からめて》から、円心を攻めるというものである。

「大手に二千、搦手に残り四千を当てよ。搦手の大将は、貞範。ただし、陣を組んで動くな。むこうが仕掛けないかぎり、一本の矢も射てはならぬ」

誰もが、円心が狙う相手が、名越高家で、足利高氏ではないことを悟ったようだ。

高氏は、山陰道を伯耆へむかうと言った。それは間違いないだろう。丹波の領地で、さらに兵数を増やせるのである。それを加えて、伯耆へ進むのか、反転するのか、名越高家の動きにかかっていると言ってもいい。

円心は、二千を率いて、大手から来る名越高家にむかった。騎馬隊のほとんどを光義が率いて従っている。ただ、赤松軍全体を見れば、主力は足利にむかう構えである。

「よいな、範家。機は一度だけ、光義が敵中深く突っこんだ時だ。それを逃すなよ」

「承知」

浮羽から、次々に知らせが入ってきた。やはり、敵は大手と搦手の二つに分れている。物見からの注進も入りはじめた。

騎馬を中央に、鶴翼《かくよく》に陣を組んだ。久我縄手《こがなわて》まで進んだところである。

すぐに、敵が見えた。名越高家勢。およそ一万に増えている。こちらが少数と見たのか、三段に構えて、力押ししてくる気配だ。

「光義、一撃で前衛の四千を突き破れ。それだけを考えよ。次のことは考えるな。範家は、第二段の中央に、あるだけの矢を射かけよ」

それだけ言うと、円心はじっと敵の動きを見守った。ここで名越高家を討てるかどうか。それで、足利高氏は肚を決めるだろう。討てなければ、船上山を落とすのが得策と思いかねない。この戦だけではない、別のなにかもそれで決まるのだ。

「よし、力押しで来る。急ぐな、光義。後ろに、範家の弓隊が五百いることを忘れるな。行け。はじめはひたひたと進み、ここぞと思ったところで、力のすべてを出しきってぶつかれ」

「行きます」

光義が言った。

まるで深夜の行軍のように、光義の騎馬隊がゆっくりと進んで行く。その後ろが、範家の弓隊である。円心は、前に出た一千を見守るように、しばらく動かなかった。

光義の雄叫びが、円心のところまではっきり聞えてきた。一斉に、騎馬が駈け、土煙があがった。ぶつかる。鉈で木を割るように、光義の騎馬隊が敵陣に食いこんだ。馬に跨《また》がったまま、円心は手綱を握りしめた。全身に、雨に打たれたように汗が吹き出している。

「そこだ、押せ」

声に出していた。光義の騎馬隊が、前衛を破った。範家の弓隊が、それに続いている。円心は、太刀を抜き放った。破られたところを繕《つくろ》おうとする敵の前衛へ、残り一千で総攻めをかけた。

乱戦になった。円心も、ぶつかってくる敵に太刀を振るった。騎馬武者がひとり、矢が突き立った首を掲げて、駈け回っている。

「名越高家を、討ち取った。敵に大将はおらぬ。攻めよ」

佐用範家の声を、円心ははっきりと聞きとった。敵が崩れはじめた時、円心は軍を止めた。兵をまとめ、陣を組み直す。

「貞範に注進を出せ。足利高氏とはぶつかるな。退がって、軍勢を通すのだ」

浮羽が、雑兵姿でそばにいた。

「足利殿に伝えよ。名越高家は討ち取った。もはや、妨げる者は、誰もいないとな」

円心は、軍勢をそのまま八幡《はちまん》まで退げた。

佐用範家が、眉間に矢が突き立った名越高家の首を持ってきた。

「味方でさえ、胆を冷やすような、強弓でございました。最初の一矢で、佐用殿は名越高家を倒しました」

光義が言った。

円心は頷いただけである。このまま、足利軍は山陰道を進むだろう。どこで反転するのか。それとも反転しないのか。

足利の軍勢が丹波にむかっている、と浮羽の手の者が報告してきた。

4

赤松軍の主力四千の前を、高氏は何事もなく通りすぎた。

全身がふるえはじめるのを、高氏は感じた。名越高家がどうなったかなど、もはやどうでもよかった。ここで北条を倒さなければ。考えたのは、それだけである。ふるえる全身を抑えるように、高氏は鞍を強く摑《つか》んだ。

迷い続けていた。鎌倉を出てから迷っていたのではない。幼いころから、ずっと迷い続けていたような気がする。迷いながら、うまく立ち回り、北条とも縁戚となり、一門の保護に腐心してきた。

それで生涯を終えるのか。何度もそう考えた。北条の機嫌さえ損ねなければ、安穏に生涯を過せる、と思ったこともある。

しかし、躰に流れているのは、天下人の血なのだ。源氏の名流の血なのだ。平氏の支流にすぎぬ北条ごときに、なぜへつらわなければならぬのか。安穏を求める気持の裏に、いつもその思いがあり、高氏を苛《さいな》んでいたことも確かだ。

ここで、決意すれば。いまは、それだけをすればいい。生涯、北条にへつらって終るのか、血が求めるままに天下人になるのか。

「なにを暢気《のんき》に構えておられる、兄上。空など眺めている時ではありませんぞ」

直義が馬を寄せてきて言った。

「名越高家殿が、討たれました」

「そうか」

「赤松軍は、われらに手出しをしようとしなかった。まず名越軍をと思ったのであろう。次はわれらじゃ。一丸となった赤松軍に、背後を衝かれますぞ、このままでは」

「直義」

「はい」

「篠村《しのむら》へむかう」

「篠村へ。確かに足利の所領じゃが、船上山への道筋からははずれませぬか？」

「地の利がよい。京へ攻めこむなら、あそこからだ」

「京へ」

直義の声が、かすかにふるえたように思えた。もう一度、高氏は空を仰いだ。

「いまが機だ。篠村で兵を募り、総力を挙げて京へ攻めこむ。命運を賭けるぞ、一門の、そして儂の」

「決心されましたな」

「全軍を急がせよ。赤松円心、千種忠顕に使者を出せ。足利高氏が立つとな。それから、船上山にもだ」

直義が叫び声をあげた。

軍勢が、不意に一頭の血の通った動物のようになり、駈けはじめた。

篠村まで、ひと息で駈けた。

すぐに陣を布く。本陣には、源氏の白旗を高く掲げた。陣中は大きな騒ぎになっている。

高氏の叛乱を聞きつけた六波羅が、すぐにも追討軍を出すかもしれず、それにも備えなければならないからだ。

騒々しい中で、高氏は数十通の書状を書いた。源氏の棟梁として、勅命を受けて北条を討つ、という内容である。

「島津《しまづ》にまで。全国に使者を出されるのですか」

「そうだ、直義。これが勅命を受けた戦だということを、武士にあまねく知らさねばならぬ。足利が北条を討つのではない。私闘ではなく、勅命を受けた戦だ。よいな」

「はい」

「高師直に命じて、奉行所を設けよ。参集してくる兵は、そこで記録せよ。北条討伐軍の総大将は、この高氏であることを、文書をもって参集する兵には示せ」

書状を書き終え、直義が使者を選んだ。

それから高氏は、陣幕の中に敷かれた茵《しとね》に、仰向けに横たわった。

ついにやった。その思いがよぎったのは、一瞬だった。負けるとは思わなかった。京を手中にしたら、なにをやればいいのか。それを考えはじめた。やることは、かぎりなくある。しかしそのほとんどは、弟の直義や執事たちがやればいいことだ。

自分は大将でいる。なにがあろうと、大将でいる。大事なのは、それだけかもしれない。

陣幕の外は騒々しかった。しかしその騒々しさを、高氏のもとにまで持ちこむ者はいなかった。

翌々日、高氏は篠村八幡宮《はちまんぐう》に、挙兵の願文を奉納した。そのころから、丹波の武士が集まりはじめた。丹後《たんご》や但馬《たじま》の武士も、いくらか混じりはじめているようだ。

やがて、丹波の山中に逃げていた、千種忠顕の軍が合流してきた。山崎の北に展開して六波羅を牽制している赤松円心のもとから、次男の貞範がやってきて、軍議が開かれた。

六波羅軍の戦力の分析と、京を攻める時の分担が決められた。その間にも、諸国からの武士は集まり続け、五月三日を過ぎたころには、篠村周辺は六万の軍勢で溢れていた。

「赤松軍が、京の南からどれだけ圧力を加えてくれるかで、この戦は決まる」

軍議を終えたあと、高氏は赤松貞範に言った。六波羅軍と、正面からぶつかるのは自分である。赤松軍や千種軍の動きも大事だが、大勢を決するのは、自分以外にない。ただ赤松貞範に話しかけたのは、戦の前に、もう一度赤松円心に会いたいという気持が、どこかにあったからである。

「千早城の攻囲軍は、大塔宮の軍勢がしっかりと押さえております」

「それは心配しておらぬ」

烏合の衆とまではいかなくても、戦に倦《う》んだ軍勢である。これという大将もおらず、大軍ゆえに動きもままならない、と高氏は見ていた。大塔宮のもとにも、急激に軍勢が集まりはじめ、すでに五万を超えようとしていることも、高氏は知っていた。

「足利殿は、千早城をどうなさるおつもりなのでしょうか？」

「それは、赤松円心殿の問いかな？」

「いえ、それがしの。父は、千早城の攻囲軍については、なにも申しません」

「この戦が終れば、赤松円心殿とうまい酒が飲めよう。楠木正成殿とも」

「そうですか」

「二十万という大軍は、ひとつにまとまれば確かにこわい。しかし、儂は幕府の中のことを、少なくとも貞範殿よりは知っておる。いやいや滞陣している武士も多いのだ」

赤松円心と較べれば、凡庸《ぼんよう》な武将なのかもしれない。それはそれでいいのだろう。赤松円心の息子が親を凌《しの》ぐとなれば、油断できない勢力になる。曲者《くせもの》は、ひとりだけでいいのである。

「京で会おう」

高氏は、それだけ言った。

船上山から、頻繁に綸旨が届きはじめたのは、そのころからだった。勲功について、奪回した京をどう治めるかについて、そのほか細々としたことについて、日に二度も届いたりした。

「船上山では、御自身で闘っておられるつもりのようだ」

高氏は苦笑したが、直義や執事たちは不満を並べた。船上山から、戦場が見えるのか、と言うのである。

「幕府を倒したあとの政事は、帝がなさろう。ただ、武士の沙汰は儂がいたす。棟梁たる儂の務めだ」

帝の心が、どの程度政事を望んでいるのか、拝謁した折に訊けばいいことだった。六波羅を潰しても、まだ鎌倉に幕府はあるのだ。長い闘いになる可能性もある。

高氏が、青霧を呼んだのは、五月六日だった。すでに軍勢は、東に、京にむけて移動をはじめている。

「千寿王は、鎌倉を逃れ得たのか？」

「赤霧が、うまくやるはずでございます」

「儂の挙兵が伝われば、関東《かんとう》一円で呼応して挙兵する者も出よう」

「新田《にった》様が、まず」

「わかっておる。千寿王は、儂の名代として、その挙兵に加えるのだ。誰であろうと、儂の名代ならば、おろそかには扱えまい」

「しかしながら」

「幼いことは、わかっておる。しかし、儂の名代は、関東には必要なのだ。決して、機を逃すな、と赤霧に伝えよ」

年端の行かぬ童でも、千寿王は二つ引両の足利の旗を掲げることはできる。関東がどういう戦になるにしても、二つ引両の旗は掲げておくべきだった。

その夜、高氏は本陣を京にむかって一里進めた。先鋒はすでに、嵯峨《さが》に達している。注進が次々に入った。赤松軍は東寺《とうじ》を窺う位置にまで進み、千種軍はその後詰《ごづめ》のかたちで伏見《ふしみ》に進んだ。

六波羅軍の主力四万は、足利軍と正面から対峙していた。足利さえ破れば、という決死の陣立てと見えた。本陣には、平氏の赤旗も見えるという報告が入った。

高氏は、六波羅軍の篝《かがり》をじっと見ていた。もはや、策を弄する余地などない。明るくなればぶつかり合う。それだけだった。

時は短く感じられた。

気づくと、空の端が色を持ちはじめていた。そして闇に、敵の姿が浮かびあがってきた。密集の魚鱗に構えているが、坂東武者らしく中央は騎馬隊だった。

すぐに明るくなり、陽が照ってきた。かすかな風に源氏の白旗が靡《なび》き、高氏はそれにちょっと眼をくれた。敵がさきに、鏑《かぶら》を射かけてきた。こちらからも射返している。唸りが、本陣にまで届きそうだった。

「やれ」

低く、高氏は言った。鯨波《とき》があがった。騎馬隊がぶつかり合う。土煙があがり、そのぶつかり合いも、本陣からは見えなくなった。地鳴りが響いてくるだけである。

「前へ出るぞ」

高氏は言った。止めるような仕草をした直義を振りきり、馬に乗った。

「敵は、兄上だけを狙ってくるはずです」

「だから前へ出るのだ、直義。この戦、お互いに策もなく、力と力でぶつかり合っている。大将が前へ出た方が勝ちだ」

「そんな」

「力と力。そうなれば、軍勢全体の覇気が勝負よ。ひとりの人間に覇気もあれば怯懦《きようだ》もあるように、軍勢にもそれがあるのだ」

従者たちも、馬に乗っている。高氏は、声を発しもせず、右手だけをあげた。およそ二千ほどの本陣が、ひたひたと前進をはじめた。ぶつかり合いは続いている。その土煙が、流れてくるあたりまで達した。

「兄上、これ以上は」

「心配いたすな。それより、兵どもを叱咤《しった》せよ」

互角のぶつかり合いだった。二刻あまりも、それが続いた。京の南では、赤松軍と千種軍が、六波羅勢と激しく交戦中という注進も入った。

双方とも、兵が疲れはじめている。馬も動きが悪くなった。

「押すぞ、直義」

「お待ちください。まだ、こちらが優勢と決まったわけではありません」

「だから、大将が前面に出て押すのだ。勝機は、手を出して摑むものだぞ。待っていると、敵が手を出してくることもある」

「わかりました。ならば、それがしが」

「儂も、おまえも、ともに行く。よいな。足利一門の命運がかかった戦に、高見の見物が決めこめるのか、おまえは」

直義が頷いた。

高氏は、太刀を抜き放った。

「源氏の旗を」

白旗が前に出た。二つ引両の旗がそれに続く。

「よし、押すぞ。死してのち、倒れよ。足利高氏はここにある。わが背を見て、ひた駈けよ」

高氏は、肚の底から雄叫びをあげた。馬腹を蹴る。風が、全身を打った。おのが手で、北条に戦を挑む。それがいま、始まった、と思った。土煙の中に突っこんだ。

敵。北条の前衛が、果敢に突っこんでくる。一騎とぶつかった。太刀で叩き落とした。ぶつかってくる力より、後ろから押してくる力の方が強かった。敵が、はじめて後退しはじめた。しばしの間、高氏は自分がどう動いているかもわからなかった。高師直が、轡を摑んで馬を止めた。

「味方が押しはじめましたぞ、殿」

「ならば、押し続けよ」

「押し続けております。もはや、殿が先頭に立たれることはない。味方が、押しまくっているのです。本陣を、ここに定めてくだされい。麾下《きか》の兵も、集まりはじめております」

高氏は、荒い息をついた。周囲はすでに、本陣の兵で固められはじめている。

九条《くじょう》のあたりで、敵は最後の踏ん張りを見せたが、それも長くは続かなかった。南からも、赤松軍が突破してきたようだ。火も出はじめている。

「敵は、六波羅の城に入り、防備を固めております」

六波羅の城郭は、堅牢に造られている。勢いに任せて攻めても、犠牲を多くするだけだ。

「囲め。ただし、東側はあけておけ」

蟻《あり》の這い出る隙間もないほど、囲んでしまうのはたやすかった。まず城では水が不足するだろう。それで落とせる。火攻めには、もっと弱い。しかし、京で屍《しかばね》の山を築きたいとは思わなかった。東側をあけておけば、そこから離脱する兵も多いはずだ。その時に、追撃をかけた方がいいだろう。

本陣には、討死の注進が入ってきた。やはり激しい戦だった。討死の数を聞いて、高氏はそう思った。六波羅が、死力をふりしぼって闘ったこともわかる。

すでに陽は落ちていて、高氏のそばでも篝が音をたてて燃えている。

「探題《たんだい》の一行が、夜陰に紛れて城郭を離脱したようです。追手を出してありますが、落人狩りの野伏りが多く、探索の幅が拡げられません」

高師直が報告に来た。南北両探題がともに離脱したなら、六波羅はもう誰もいないも同然だった。逃げるのを潔《いさぎよ》しとしない武士が、時々出てきては討たれることは、まだくり返されているらしい。

北条時益《ときます》が、野伏りに討たれたらしいと青霧から報告が入ったのは、明け方近くなってからだった。残るは、北条仲時《なかとき》である。

「朝を待て。一行は、六波羅が推戴《すいたい》した帝を伴っている。力攻めに攻めるわけにはいかぬ」

後醍醐《ごだいご》帝が隠岐に流された時、幕府は光厳《こうごん》帝を立てた。それを後醍醐帝は認めておらず、光厳帝廃位の詔勅も船上山から発せられていた。それでも、北条は別として、皇統に触れることを、高氏は避けたいと思っていた。

「野伏りに討たせてもならん。孤立させよ。追手の軍勢とは別に、野伏りを動かせぬか、青霧？」

「大塔宮が野伏りを指図している気配です。いまから野伏りを動かすのは、難しいと思います。ただ、孤立させることはできます」

「どうする？」

「北条仲時の一行を追って、佐々木時信《ささきときのぶ》が五百騎ほどの軍勢を率いています。いずれ合流するでありましょうが、佐々木時信を引き離し、仲時の一行だけにはできます」

「話してみろ。仲時の一行に、手をつけたくないのだ」

「北条仲時の一行が、すでに潰滅したと、佐々木時信に信じさせます。一行の中の女中がひとり生きのび、そう報告すればよいのです。女なれば、なぜともに闘って死ななかったかという疑問も、抱きますまい」

「わかった。浮羽を使おうというのだな」

「赤松円心様の手の者ゆえに、それがしの一存では」

「儂が、赤松殿に言うておこう。すぐにかかれ」

一礼して、青霧が消えた。

本陣の周囲は、ようやく静けさが戻りつつあった。

## 5

東寺の円心の本陣では、全員が顔を揃えていた。六波羅の本隊は足利軍とぶつかり、赤松軍は一万ほどの軍勢を突破しただけである。勢いで押し、敵の疲れを待って突破する。それがたやすかったのは、敵には後詰がいなかったからである。あまり犠牲を出さぬよう、押しては引くことをくり返し、突破した。

円心は、途中から指揮を貞範と則祐に任せ、戦場から離れた。伴ったのは、浮羽と黒蛾と四名の従者のみである。

篠村から攻めこんできた足利の軍勢が、どういう戦をするか見たかった。

坂東武者同士の、騎馬戦だった。揉みに揉んで、膠着しかかった時、足利の本陣が前へ

進んだ。それだけでは、驚きはしなかった。足利高氏を先頭にして、本陣がそのまま敵に
突っこんだのである。膠着するかどうかという、絶妙の機だった。それで、両軍の勢いは
まるで違ってしまったのだ。
その戦を見ただけで、円心は足利高氏のなにかがわかったような気がした。
自陣に戻った時、すでに六波羅は敗走をはじめていた。かなりの人数が六波羅の城郭に
籠ったが、高氏はそれを力攻めにしようとはしなかった。退路をあけて、囲んだのである。
夜のうちに、南北両探題をはじめ、ほとんどが城を離脱した。北条時益が野伏りに討た
れたと、浮羽が知らせてきたのは明け方で、一夜待っただけで、京は完全に足利軍の制圧
下に入った。
もうひとりの探題北条仲時を、高氏は追撃して討とうとはしなかった。孤立させ、その
まま自滅を待つつもりのようだ。孤立させるために、女装の浮羽を貸すことになった。青
霧という、高氏が使っている忍びに頼まれてである。
そして夜が明け、本陣に全員が揃った。
苔縄《こけなわ》で兵を挙げてより、ほぼ五ヵ月。ついに、六波羅に勝った。居並んだ顔は、喜色に
溢れている。
「みんな御苦労であった。生きてここにあるのは、天佑《てんゆう》かもしれぬ。時の流れにうまく乗

ったが、それも幸運だったと儂には思える。ただ、みんなには礼を言わねばなるまい」

「まだ、千早城が囲まれております」

言ったのは、則祐だった。

「六波羅が落ちたと、そろそろ攻囲の軍勢も知るであろう。その時、どう動くかだ」

「京に攻め返して来るとは、思われませんか？」

「大塔宮様の軍勢がおる。囲みを解けば、楠木正成も出てくる」

「では、攻囲軍はそのままだと？」

「もう少し見よ、則祐。どうするのか、攻囲の軍勢さえ、まだ決めてはおるまい。動かぬうちに、こちらが動けるか」

大塔宮の軍勢も、五万以上に脹《ふく》れあがっていた。勝ちに靡《なび》く武士がどれほどいるのかが、それを見てもよくわかる。一万の軍勢が集まらずに、数ヵ月大塔宮は歯ぎしりしていたのだ。

「野伏りどもが、大塔宮様の指図で動いているようですが」

河原弥次郎が言った。その報告も、すでに浮羽からもたらされている。

「落人を狩るのに、軍勢はいらぬとお考えなのであろう」

野伏りをも、自分の軍勢にしようと、大塔宮は考えているに違いなかった。それを言ったところで、はじまらない。今後も、武士は足利に靡き続けるだろう。大塔宮が足利と同じ軍勢を持とうとするなら、野伏りや溢者までそこに加えていくしかないのだ。

「とにかく、京を元に戻さねばならぬ。船上山の帝の御還幸を仰げるようにな」

「いま、火を消させております。京に残った残党も狩り出さねばなりません」

「貞範が、一千を率いて足利殿のもとへ行き、その下知に従え。儂は、もう一度山崎へ戻る。千早城の攻囲軍の動きを、見届けねばならぬ」

本来ならば、足利の本陣に自分が出向くべきだろう、と円心は思った。だが、戦は終っていないのである。千早城の攻囲軍と、大塔宮がぶつかることも考えられる。

貞範が出立すると、円心は速やかに陣を払い、山崎まで後退した。

京ではなんの戦もなく、一日が過ぎた。

北条仲時の一行四百余名が、近江番場《ばんば》でことごとく自刃して果てたのは、その翌日だった。幕府が立てていた光厳帝は、足利高氏の手に落ちたという。

どうやって高氏が北条仲時の一行を自刃に追いこんだのか、円心は浮羽からつぶさに聞いた。後を追っていた佐々木時信の軍勢に、仲時一行が野伏りに討ち果されたと思いこませたのである。佐々木時信は、失望して京へ戻り、高氏に降服している。

「冷徹な計算をするかと思えば、先頭で敵に突っこむような真似もする。どこか計り難い男だな、足利高氏は」

「天下は、足利のものではありますまいか、殿?」

「まだわからぬ。おまえが嫌っている、楠木正成もおる。船上山より還幸された帝が、どう軍功を評価されるかだ」

「嫌っているなどと」

「おまえがなぜ、楠木正成を嫌うのか、いずれ聞かせてくれ」

「私はただ」

「まだ、よい。楠木正成は、千早城だ」

浮羽が楠木を嫌う理由を、無理に知りたいとは思わなかった。

足利高氏が、六波羅を本陣とし、奉行所を設けて参集した兵を記録している、という知らせが貞範から入ったのは、二日後だった。貞範は、そこに赤松軍も記録させるべきかどうか、下知を仰いできたのである。

「呼び戻した方が、よさそうじゃな、光義」

「確かに、われらは足利よりずっと長く、六波羅と闘っては参りました」

「しかし勝敗は、足利軍の参入によって決した、と言いたいのか?」

「いいえ。殿の軍功は、足利に勝るとも劣りません。そういうことではなく、殿が足利をお避けになることはない、と思うのです」

「なぜだ？」

「武士はみな、足利に靡きましょう。足利高氏が、六波羅に奉行所を設けたということは、武士の棟梁としての務めを果そうとしているにすぎません。そして殿は、その足利と対等に立てるのです」

　高氏が、野心を持って奉行所を設けたのか、参集した武士がそれを望み、押されるようにしてそうしたのか、円心にはわからなかった。ただ、高氏は自然に棟梁として振舞いはじめている。

「いましばらく、儂は山崎にいよう」

　千早城の攻囲軍は、昨日から退きはじめていた。主力は、奈良興福寺《ならこうふくじ》にむかっているという。離脱する者が多く、北条一門の三万ほどが固まっているだけらしい。

　大塔宮のもとから、小寺頼季が使者としてやってきた。

　円心は、すでにそれを予想していた。六波羅探題にとって代るような足利高氏のやり方を、大塔宮が看過するとは思えなかったからである。

「まるで、将軍になって幕府でも開いたようではないか、と大塔宮様はお怒りでございます」

「それは、わかる。武士が力を持ってはならぬというのが、大塔宮様のお考えだ。しかしどうすればいいのだ？」

「足利高氏を止めることができるのは、殿をおいてほかにはございません」

「大塔宮様が、そう言われたのか、頼季？」

「言外に」

「参集した兵に、軍忠状も出ないとなれば、京は大きく混乱するぞ。そしていま、軍忠状を出せるのは、足利殿だけであろう」

　軍忠状は、戦に加わったという保証である。保証であるからには、それを出す人間が誰かという問題になる。誰もが納得する人間が、それを出すしかないのだ。

「やがて、帝が還幸される」

「だから、足利も、それを待てばよいのです」

「それでは済まぬぞ、頼季殿。参集した武士は、すぐにも領地へ帰りたがっている。軍忠状は、戦の直後に出すのが決まり。足利殿は、仕方なくそうされているのだ」

「しかし、光義殿」

「やめろ。六波羅を倒した軍勢は、武士であった。源氏の白旗のもとに集まった武士だ。そして、白旗を掲げていたのは、足利高氏なのだ。足利の軍忠状でなければ、誰も納得しまい。六波羅を倒した戦だけについては、足利の軍忠状により、朝廷で恩賞を決められればよい」

「六波羅を倒した戦だけについてですか？」

「そうだ。五月七日の戦は、足利の軍忠状がもとになる。それだけのことだ。足利の軍忠状で、楠木正成の恩賞が決められると思うか」

「それを」

「言うな。それを大塔宮様に納得していただくのが、おまえたちの役目ではないか」

頼季がうつむいた。

大塔宮の苛立ちは、かなり大きいのだろうと円心は思った。

武士が武士にとって代る。大塔宮が避けたかったそのかたちが、すでにできつつあるのだ。

「いずれ、儂も大塔宮様にお目にかかる。楠木正成殿とも会いたい」

「わかりました」

「まだ、戦は続くかもしれぬ。その時、大塔宮様は帝とともにあられる。足利に、下知を下されればよいのだ」

頼季はうつむいたままだ。納得してはいないのだろう。それでも、大塔宮のもとに帰る気になったようだ。

関東で蜂起した大軍が、鎌倉を攻めようとしている、という知らせが入った。新田義貞《よしさだ》が、総大将らしい。鎌倉が落ちることになれば、完全に幕府は倒れる。

それでも、いやな予感が円心にはあった。

幕府が倒れるだけで、事が済むのか。大塔宮と足利高氏の間で、また新たな争いが起きはしないのか。その時、自分はどういう立場に立てばいいのか。

どこに立とうと、所詮は播磨の悪党。

そう思うしかなかった。天下を自分の手で動かすことはできなくても、なにかのきっかけは作れる。それで、すべてが決することもある。

悪党は悪党らしく。そうやって、いままで生きてきた。それだけのことだ。

# 第八章　征夷大将軍

## 1

祭りは終った。

山崎《やまざき》にしばらく滞陣を続けた円心《えんしん》の思いの中に、そういう言葉が浮かんでいた。挙兵してより数ヵ月の、激しい祭りだった。生涯の中で、こういう祭りが再びあるだろうか。思うさまに闘い、生きたいように生きた。それゆえ、円心にとっては祭りなのである。

六波羅探題《ろくはらたんだい》が倒れる、ということで、祭りは終ったのだった。遠からず、鎌倉《かまくら》の幕府も倒れるであろう。

別の、円心にはさして心の動くことではない祭りが、すでに京でははじまっている。

足利高氏《あしかがたかうじ》が、六波羅打倒のために参集した武士に軍忠状を出し、それを越権とする大《おお》塔宮《とうのみや》が、配下の軍勢を率いて信貴山《しぎさん》に拠《よ》り、足利と対決する姿勢を明らかにしている。

大塔宮からは、信貴山の陣営に参じよという督促が、何度も届いていた。しかし円心は動かなかった。いままでの、六波羅を倒すための戦《いくさ》とは、まるで違うのだ。すべて、帝《みかど》が還幸して聖断を下せば、それで終ることだ、と円心は思っていた。いや、願っていた、と言った方がいいだろう。なにか、暗雲のような思いは、拭いきれないのである。

帝が、船上《せんじょう》山を下って京への途についたという知らせを受けた時、円心は山崎の陣をひき払った。誰もが京へ入ると思っていたようだが、円心はそうせず、京へは兵五百をつけて貞範《さだのり》を送りこんだ。さらに五百の兵を、尼崎《あまがさき》の範資《のりすけ》につけた。

「父上は、なぜ京へ行かれませんのか。父上が京におられるだけで、信貴山の大塔宮はよほど心強いでありましょうに」

播磨《はりま》への帰路はゆっくりとしたもので、轡《くつわ》を並べて進みながら、則祐《そくゆう》とも語ることができた。

「大塔宮様は、なにゆえ信貴山を下りられぬ。すでに六波羅は倒れたのだ」

大塔宮も足利も、ともに勝ち軍だった。大塔宮のもとに集まっている軍勢は、すでに十万を超えているという。

「それは」

「北条《ほうじょう》が虫の息になっても、足利がそれに代れば、この戦になんの意味があったのかと思われているのであろう。それは、儂《わし》にもわかる。しかし六波羅を倒した力の中核は、間違いなく足利であった。鎌倉もまた、武士が倒すであろう。その武士の力を、認めぬというわけには参るまい」

「ならば、楠木正成《くすのきまさしげ》殿や父上の戦は、力の中核ではなかったのですか？」

「もうひとつの中核ではあったろう。しかしいま、武士がことごとく足利に靡《なび》くのは、仕方がないことでもある。武士は、おのが棟梁《とうりょう》を求めておる。それは、武士が生まれた時から、変ることのなかった武士の生き方ではないか。大塔宮様は、武士に生き方を変えろと言っておられるのと同じだ」

「父上は、大塔宮のお考えそのものを、どう思われるのですか？」

「朝廷が朝廷の軍勢を持ち、それがこの国も護る。そうなれば、武士はいらぬ。儂など、思いつくこともないお考えよ。しかし、何代にもわたって、連綿と領地と結びついてきた武士が、いまこの国で最も力を持っていることも確かなのだ。領地には、父祖の血がしみこんでもおる」

「つまり、大塔宮様は急がれすぎているということですか？」

「おまえの代か、おまえの子の代。そこまでの時が必要であろうな。まずは、帝がどうなさるかだ。足利高氏とて、帝には逆えまい」

「父上は、帝がこの対立をどう扱われるか、待たれるつもりですね？」

「則祐、儂は播磨の悪党だ。悪党として生きてきたし、それ以外の生き方はできぬ」

「どういうことです？」

「儂はいま、なにも待ってはおらん」

則祐は、理解できないという表情で円心を見ていた。

なにも、待ってはいない。それは、円心の正直な気持だった。悪党として立つ機を、赤《あか》松《まつ》村でじっと待ち続けた。そして立った。五十の坂をいくつか過ぎてから、思うさまに生きることに恵まれたのだ。たとえ負けていても、悔いは残らなかっただろう。それが、勝ったのである。これ以上、なにを待てというのだ。

摂津《せっつ》兵庫《ひょうご》にさしかかったところで、帝の還幸の行列が近いことがわかった。行列の先触れも、円心に軍を停めて待つことを求めた。

兵庫郊外の海のそばに陣幕を張り、円心は二日待った。

還幸の行列が播磨から摂津に入り、兵庫福厳《ふくごん》寺が御座所となった。

福厳寺に参向し、拝謁を願い出ることになった。行列を護っている名和長年《なわながとし》は、それを当たり前のこととしていたし、帝に近侍しているという公家も、栄誉を与えるという口調だった。公家は、千種忠顕《ちくさただあき》しか知らない。若く、威勢がよく、しかし戦になるとすぐに腰が砕けた。公家とはああいうものかと円心は思っていたが、福厳寺で会った公家は、女のように弱々しく、しかしどこかに粘りついてくるようないやらしさがあった。

少なくとも千種忠顕は、闊達で、勇んだ時は勇んだ顔を、怯えた時は怯えた表情をしていた。ほかに高貴な人として円心が知っているのは、大塔宮だけなのである。

則祐を伴って拝謁に行く時も、円心の気持の底にあったのは、自分のような悪党が帝に会ってもよいのか、という思いだった。

帝が軽々しく人に会うというのが、円心には信じられなかったのだ。

「大儀に思う」

これまでの戦について、労《ねぎら》いの言葉をかけられただけだった。

はじめて見る帝は、大塔宮の父とは思えぬほどふっくらとしていて、しかし眼の奥にはなにかなまなましいものが燃えていた。円心にとっての帝の印象は、それだけだった。

六月一日、行列は福厳寺を発った。そこに、楠木正成が参向してきた、という知らせが入った。新田義貞《にったよしさだ》により鎌倉が落とされた、という知らせも同時に入った。

鎌倉が落ちるのが早すぎる、とは円心は思わなかった。一度崩れかけたものは、誰にも防ぎようがないのか、と思ってみただけである。百年以上も武士の上で君臨してきた北条家は、六波羅という柱を失っていたのだ。

陣を払おうとしている時、則祐が血相を変えて飛びこんできた。楠木正成が訪ねてきたというのだ。

正成は、十人ほどの従者を連れただけの、身軽な姿だった。

「一瞥《いちべつ》以来ですな」

円心を見て笑った正成は、ひどく歳をとっていた。尼崎で会った時より、ずっと痩《や》せている。だから老けて見えるのかもしれない。

「一献差しあげたいが、正成殿」

「喜んで」

交わす言葉は、あまりなかった。互いに、盃を干した。瓢《ふくべ》を持った則祐が、緊張した面持ちで控えている。

「長かったのかな、正成殿」

正成の右手の爪が、三枚剝がれて変形していた。太刀の傷のように、ひとつふたつと数えられるものでなく、躰全体が傷を負って縮んでしまった、と円心は正成を見て思った。

やはり、この男が誰よりも過酷な闘いを続けてきたのだ。

「円心殿は、代官から水銀を奪う悪党で、儂はその上前をはねようとする悪党だった」

「やはり、長かったのだな。儂には、ひと時の夢のように、短い時だったとも思えるが」

「長かったし、短かった。生ききったと思える時を、天から与えられたのではなかろうか」

　正成が差し出した盃に、則祐が注ぐ。

　この男に負けまい、と思った時期があった。なにをやろうとしても、この男の顔しか浮かばない時期があった。こうして再会すると、それも夢のような気がした。

「男とは、厄介なものだな、正成殿」

「そう思う。闘いが終ったいま、しみじみとそう思う。闘っている間は、早くそれを終らせたいとしか考えなかった。終ると、心の底のどこかで、あの時はよかったと思っている自分がいる」

「なにかを倒さねばならぬ。なにかと闘わねばならぬ。そのために耐えもするし、恥さえも忍ぶ。悪党にはいつも、それが必要だという気がしている。儂にはいま、それがなくなった」

「所詮は河内《かわち》の悪党。しかし、人はそうは見てくれぬ。儂は千早《ちはや》城で、それほどのことをしたわけではない。たかが、おのが命ひとつ。そう思って籠《こも》っていただけよ。まるで無法な代官にでも抗《あらが》うようにな」

「思いと、なしとげたことは別なのだろう。正成殿がやられたことが、結局は北条を倒した。北条とて、巨大な代官かもしれぬ。巨大であるというだけで、人は恐れるのだ」

「なあ、円心殿。円心殿は、なんのために闘われた？」

「おのがため」

「勝って、領地を得て、運がよければ大名にもなる。それが、おのがためということか？」

「なにになろうと、たかが播磨の悪党よ。おのがためという言葉を、どう言い替えればよいかわからぬが、かたちあるもののためではないということかな」

「誇りか？」

「悪党としての誇りを、人に自慢できるのか。誇りは、ひそかに抱くものよ。やはり、おのがため、としか言えぬな」

「おのがために生きるのが、悪党か」

正成が盃を干し、口髭を指さきで撫《な》でた。頬や顎の髭は剃《そ》っていて、それがまた正成を弱々しく見せていた。

「足利殿と会った。六波羅を攻める前にな」

「そうであろうと思っていた。円心殿が、名越高家《なごえたかいえ》だけを討たれたと聞いた時から、足利殿と通じ合うなにかがあったのだと思っていた。そうか、円心殿なら、やはり直接会われたであろうな」

「自分も悪党だ、と言われていたな、足利殿は」

「儂も、京で会った。源氏の棟梁であろうと悪党であろうと、人を魅きつけるなにかを、あの方はお持ちだ」

正成が、遠くを見るような眼をした。自分にないものが足利高氏にはある、と言っているような眼だ、と円心は思った。足利高氏にないものが、正成にはある。円心はそう思った。そして二人が持っているものを、自分は持っていない。

「足利殿が、京へ反転する決意をなされた。それは、円心殿が名越高家を討たれたからだ。北条が倒れた、という戦から見れば、大したことではないかもしれぬ。足利殿は、反北条の思いを抱かれてもいたろう。しかし人が決意して動こうという時は、些細な、どうでもいいようなきっかけが必要なのだ。円心殿は、それを読まれた」

「時の流れというものがあり、それに乗っただけだと儂は思っておる。足利殿も、そうであろう」

「御自身では、そう思っておられよう。しかも、何代にもわたって、悪党らしく生きることができなかったという恨みを、一身に背負っておられる。われらより、骨の髄から悪党であるのかもしれぬ」

「ならば、われら小悪党が水銀の奪い合いをしていたように、天下を奪われてもおかしくはないということだな」

正成が笑った。白い歯が見えたが、それは髭に隠していた牙とは、すでに違うものだった。どこか悲しげにさえ見える、白さだ。

正成は、足利が次の天下と見ているようだった。円心も、そうだろうと思っていた。

「正成殿は、帝のお召しに応じて立たれた。儂とは違って、さぞかし大義をお持ちなのだろうと思っている。儂など、ただ立つ機だけを窺っていた。立ってから、大義を利用して旗を掲げればよい、と思ったのだからな」

「同じよ。大義など、後から追ってやってくる。決意して立とうという時は、実に些細なことがきっかけになる」

正成が笑った。やはり、どこか淋しげだった。

「正成と、お声をかけられた。はじめて拝謁した時だ。眼が合うと、正成、と帝は儂の名を呼ばれたのだ。それで、儂は立とうと思った。違う言葉がかけられていたら、お召しには応じても、儂は立たなかったかもしれぬ」

「そういうものか」

「男とはな」

正成が、則祐に盃を差し出した。則祐が慌てて注ぎ、それから手を打ち鳴らして、新しい瓢を命じた。陣幕の内には、三人しかいない。

「御子息じゃな」

「比叡山《ひえいざん》にしばらくいて、また戻ってきた。大塔宮様にかわいがられてな」

則祐を比叡山にやったのも、大義のためではなかった。立つ機を、比叡山で摑めるかもしれない、という気がしただけだった。大塔宮に会いに行ったのも、ただ立つ機を捜していたからだと、いまにして思う。

立ちたかった。なんであろうと、おのが力で立ちたかった。正成が言うように、男だからなのか。

「大塔宮様のことだがな、円心殿」

「儂も、気になってはおるのだが」

「あやういお方だ。しかし儂は、あのお方を嫌いにはなれん。儂にはないなにかを、あのお方は確かに持っておられる。ここで足利殿と争って潰される、というのはどこか耐え難いものがある」

「京に還幸された帝が、どう裁かれるかであろう」

「おそらく、下山の命が下るであろう。それまでに、いろいろあろうが」

帝の下山の命に、大塔宮が従わないかもしれない、と正成は考えているようだった。そうなれば、逆賊として討伐の兵が出るのか。大塔宮のもとに集まっている十数万を、追い払える実力があるのは、足利高氏ただひとりだ。

「儂は、信貴山へは行けぬ。儂が山に入れば、また千早城かと、誰もが思うに違いない。帝も足利殿も、心穏やかではあるまい」

「正成殿のほかに、あのお方が言うことを聞きそうなのは、儂だけか」

「どう考えても、われら二人しかおらぬ」

「わかった」

円心は笑って、正成の眼を見つめた。万一の場合は、自分が行く。そう伝えたつもりだった。正成が頷く。

則祐が、新しい瓢を差し出した。正成は拒もうとしない。飲むほどに、顔の色は蒼白になっていくようだった。疲れきっている。それはわかった。しかしもう、籠城の疲れは癒《い》えていてもいいはずだ。

「京へ戻るのか、正成殿？」

「京はいま、われこそが倒幕のために闘った、と叫ぶ人間で溢れておる。浅ましい姿だと、思って見ていられればよいのだが、それすらも面倒になった。河内、和泉《いずみ》、摂津には、籠城中の儂を支えてくれた者たちが、数多くおる。その者たちが、ちゃんとしているかどうか見て歩いていた。その時、帝の御還幸の行列に出会ったのだ。円心殿もおられる、ということもわかった」

「籠城中に支えてくれた者たちか。楠木正成の強さが、わかったような気もする」

なにも言わず、正成は盃を干した。酔っているのかどうか、円心にはわからなかった。

正成が、河内のことを語りはじめた。懐かしむような口調だ。円心は、黙って聞いていた。喋りながらも、正成は時々則祐に盃を差し出している。

馬蹄が聞えた。新田義貞が、鎌倉を落とした。そのことで、京の貞範や尼崎の範資と、なにか連絡を取り合っているのかもしれない。馬蹄の響きにも、正成はなんの反応も示そうとしない。

「攻囲が解けた時、儂は自分が燃え尽きたと思った。千早城の中で、死ぬのだと思った」

呟くように、正成が言った。

「燃え尽きてもおれぬな。いまは、そう思う。燃え尽きることもできんと」

「儂も、似たような気分だ。だから、一度播磨に戻ろうとしている」

「それがいい」

正成が笑い、円心も笑い返した。

2

信貴山には軍勢が溢れていた。

十数万と言われているが、正確にどれほどなのかは、誰にもわからなかった。千早城を囲む軍勢のようだと頼季《よりすえ》は思ったが、軍勢のすべては味方である。

京からは、頻繁《ひんぱん》に使者が来ていた。六波羅も鎌倉も落ち、北条は倒れた。船上山からは帝が還幸し、すべてがうまく行っていた。

ただ、足利高氏が、武士の沙汰をはじめたのだ。六波羅に陣取り、まるで北条の探題がいた時と同じような状態になっている。大塔宮が、それを許すまいと決意していることは、よくわかった。

大塔宮は、頂上近くの本営に籠っていることが多かった。

ふさぎこんでばかりいる。参集した無数の軍勢も、大塔宮の機嫌を回復させることはできなかった。これほどの軍勢が、最も苦しい時になぜ集まらなかったのか。大塔宮の歯嚙《はが》みするような思いがそこにあることも、頼季にはよくわかっていた。

どうしようもなかった。戦ならば、先陣を切って闘うこともできる。戦は終ってしまっているのだ。どこまで続くかわからぬ京とのやり取りを、黙って見ているしかなかった。

京からの勅使が、帰京し再び出家の身に戻るように、と伝えてきた。帝さえ京に還幸すればと思っていた大塔宮が、その勅使にどれほど失望したかは、見ていて痛々しいほどだった。父である帝と自分とで、再び北条と同じように武士の力を張ろうとしている足利を、止めることができると信じていたのである。

勅使の件は、頼季も怒っていた。帝の本心であろうとは、とても思えなかった。それでも勅使は執拗に、何度も送られてきた。

なんのための戦だったのか。楠木正成の、人間離れした奮闘や、赤松円心の命運のすべてを賭けた決起は、ただ北条を足利に替えるだけの、武士のための戦だったのか。帝は、それでいいと思っているのか。

大塔宮の周囲にいるのは、叡山から供奉《ぐぶ》してきた十名ほどだけだった。ほかの者を、大塔宮は近づけようとしない。信貴山に充満している軍勢は、幻と同じと考えているようだった。

「足利討伐のための兵を挙げ、京に攻めこもうかと考えている」

頼季ほか十名ほどを前にして、ある日、大塔宮は意を決したように言った。居並んだ者は、誰も声さえ発しようとしない。

改めて、頼季は事の重大さを思った。いまの大塔宮ならば、ほんとうにやりかねない。再び、大きな戦となることは間違いなかった。京にむかって進撃と、ひと声発すればいいのだ。

「時を」

頼季は、全身から声を搾《しぼ》り出した。こんな時に、円心さえいてくれたら、と恨みがましいような気持にも襲われた。

「いましばし、時をかけた方が」

大塔宮のこめかみに、青筋が立った。頼季にむけてきた眼は、頼季自身に対して憎悪を抱いているようにさえ見えた。

「これまで、どれほど時をかけた？」

大塔宮が立ちあがり、太刀を抜き放った。切先が頼季に突きつけられる。

「帝が京に還幸されて、何日が経つ。私に再び出家せよとは、どういうことだ。足利が、さながら征夷大将軍《せいいたいしょうぐん》のごとく振舞うのを、さらに黙視せよと言うか、頼季」

「黙視されるように、とは申しておりません」

「ならば、足利を討つしかあるまい。そのための軍勢は、信貴山から生駒山《いこま》にかけて、雲霞のごとく集まっている。そのほとんどが、倒幕の戦に加わってはこなかった者たちだ。いまこそ、朝廷のために闘わせる時ではないか。一度戦場に立って、はじめて義軍ぞ」

「しかし、御所様」

「言うな、頼季。赤松円心は、なぜここへ来ぬ。円心もまた、足利に靡くのか。楠木正成は、なにをしている。倒幕の第一の功を、足利を恐れて捨てるのか」

切先が、眉間のすぐそばまで近づいてきた。斬られるかもしれない、と頼季は本気で考えた。戦で死ぬのは怕《こわ》くはないのに、なぜここで斬られることは怕いのか。

「恐れながら」

「まだ、言うか」

切先が、眉間に触れそうになった。逃げようとする自分を、頼季は抑えこんだ。

「還幸されてすぐに、帝は足利高氏に鎮守府《ちんじゅふ》将軍を与えられたと聞きます」

「次に足利が狙うのは、征夷大将軍だ。幕府を開き、この国に号令しようという野望が、おまえには見えないのか」

「その、征夷大将軍でございます。御所様が、それを受けられたらいかがでしょう」

「なんと」

「足利高氏は、それで征夷大将軍となる道を閉ざされます」

切先が、眼の前でふるえていた。

「足利討伐の軍を起こす、と勅使に伝えてやれば、帝もお気づきになりましょう。それがしが思うに、大塔宮様のお考えは、周囲で阻まれ帝に届いてはおらぬ、と思います」

「なぜだ？」

「闘わずして栄達を望む輩《やから》が、帝の周囲にもいると思われるからです。この信貴山を御覧くださいませ。苦しい戦の時は集まらなかった兵が、勝ったとなると数えきれないほど集まっているではありませんか」

「確かに、そうだ。闘いもせぬ兵が、呼びもしないのに集まっている」

切先が、少し下がった。頼季は息を吐いた。背中に汗が流れていることに、はじめて気づいた。大塔宮は、荒い息をついている。

「征夷大将軍と申したな、頼季」

「はい、武家の棟梁でございます。源氏か平氏かと言われておりますが、皇子たる御所様がそれを望まれても、なんの不思議もありません」

「私が、征夷大将軍にか」

大塔宮の息は、まだ荒かった。しかし、斬りつけてくるかもしれない、という気配はもう消えていた。

ここ数日の間に、大塔宮は何度か太刀を抜いたが、抜いたことさえ気づかぬような状態になったのは、今度がはじめてだった。このままでは、いつか誰かが斬られるだろう。

倒幕の戦は、自分が担ったという思いが、大塔宮にはある。それをなぜ、帝が認めようとしないのか、と頼季も思う。あれほど苦しい戦を続けてきた大塔宮に、再び出家せよと帝が言うはずはなかった。やはり、帝には大塔宮の意志がよく伝わってはいないのだ。

戦の間はどこかに隠れていて、六波羅が倒れると出てきた公家たちが、いまになって大塔宮の武勲を嫉《そね》みはじめている。

「まずは、武家の頂点に立たれることです。そして足利にも、征夷大将軍として接すればよいのです。確かに足利は力を持っております。すぐには屈服させられますまい。時をかけて、少しずつ武士を押さえていくしかない、とそれがしは思います。そのために、足利高氏より上の、征夷大将軍にまずなられることです」

「帝が、それを許されると思うか？」

「帝に、御所様の意志がしっかりと伝われば。足利討伐の挙兵というのは、帝の周囲にいる者どもへの脅しでございます。これから新たな戦など、考えてもおりますまい。うろたえれば、聖断を仰ぐしか知らぬ輩。帝の声が、はじめて信貴山にも聞えて参りましょう。その時、征夷大将軍を望む、と帝に伝えられればよいのです」

「わかった、頼季。おまえの考えは、よくわかった」

大塔宮が、太刀を鞘に納め、腰を降ろした。ほっとした空気が、一座に流れた。

「確かに、直ちに足利を討伐するというのは性急にすぎる。私も、よく考えてみよう。頼季が申したことは、間違いではないという気がする」

誰も、なにも言おうとはしなかった。

頼季のところに客人が現われたのは、翌日の夜だった。麻雨《あさめ》である。麻雨はいまも、大塔宮のもとに兵糧を運ぶ仕事をしているはずだった。千早城攻囲軍への兵糧をかなり奪って蓄えたが、この大軍の参集である。三日で底をつき、あとは麻雨が指揮する山の民の補給に頼っていた。ただ、麻雨が本営に姿を見せることはなかった。

「さきほど、大塔村から使者が着きましてな」

「ほう、では?」

「朋子《ともこ》が、女子を生んだそうです」

大塔村からの使者といえば、ほかには考えられなかった。

「麻雨殿。待っておりました。心の底から、待っておりましたぞ」

「御所様には、頼季殿から申しあげていただきたい」

なぜ、という言葉を呑みこんで、頼季は頷いた。麻雨にとっては、皇統とは尋常なものではないのだ。妹が、親王の子を生んだ。帝の孫に当たる女子を生んだ。気軽に、笑って報告に行けるようなことではないのである。

「戦に、なりますか、頼季殿？」

大塔宮は征夷大将軍を望む。そう勅使に伝えたのはきのうだった。いまは、京からの返答を待っているところだ。征夷大将軍に任じられたからといって、大塔宮がすぐに下山すると考えるのも早計だった。帝が還幸してからも、足利の活発な動きは続いている。

任じられようと任じられまいと、すぐに戦になることはない、ときのうの大塔宮の様子を見て頼季は思っていた。足利と闘うための方向を、大塔宮はいま摑みつつあるが、どこかで爆発すればそれを見失うかもしれない。ただ、いまはまだ爆発はしない。

「御所様は、征夷大将軍を朝廷に望まれた」

「征夷大将軍？」

「足利を押さえるためです。足利をとりあえず征夷大将軍にしないため、と言った方がいいかもしれません」

征夷大将軍と言った時の麻雨の表情は、幽霊でも見たという感じだった。長い間、武士の支配を逃れて、山に隠れ棲んだ人々の末裔なのである。武士の支配の象徴が、つまりは征夷大将軍であった。

「御心配には及びません。御所様は、征夷大将軍など、なくしてしまわれたいのです。しかし、倒幕にはやはり武士の力を借りなければならなかった。その恩賞に征夷大将軍を望む者が出てきます。それを封じるために、まず御所様が征夷大将軍になられる」

朝廷が大塔宮を征夷大将軍に任じれば、やはり武士の力をそこで押さえようと考えているということになる。帝と大塔宮の、目指すものはひとつなのだ。それは頼季の考えではなく、大塔宮自身が勅使に言ったことだった。

「頼季殿。われら山の民は、常に御所様とともにあります。朋子が女子を生んだいまとなれば、なおさらです」

「山の民のための世を、目指されているわけではありません。万民のための世を」

「わかっております。われらは、名利を得ようとしているのではありません。御所様が目指されている世ができれば、それでいいのです。何代も山の中に隠れ棲み、名利など使いようも忘れてしまいました。ただ、ともにあると思いたいのです。それを、生きる喜びにしたいのです」

「御所様と会われよ、麻雨殿。儂にではなく、御所様にそれを申しあげるべきです」

「通じ合っている、と思っています。御所様とは心の奥底で通じ合っていると。だから会って、言葉を交わす必要はないのです。御所様が闘われる時、われらもともに闘います。それだけのことです」

頼季は言葉を見失い、ただ頷いた。小柄な麻雨の躰が、大きく見える。麻雨は笑い、竹筒を出した。

「頼季殿、一緒に祝ってはいただけませんか。妹が、御所様の子を生んだのです」

頼季は、もう一度頷いた。

征夷大将軍に任ずる、という知らせが京から届いたのは、麻雨が来た翌日だった。

大塔宮が、生まれたばかりの娘の名を、どこにもいる親のように考え悩んでいる時だった。知らせを聞いて、大塔宮は一度だけ頷いた。

山麓から、別の注進が入ったのは夕方である。大塔宮は、まだ娘の名で思い悩んでいた。

「なんと、赤松円心が、千五百の兵を率いて現われたと？」

「そのようでございます」

それがなにを意味するのか確かめる前に、円心自身が、十名ほどの従者を連れて本営にやってきた。具足姿に、頭巾を被っている。

「その出で立ちはなんとした、円心？」

「なんとしたと言われても。ただ、ようやく時が来たというだけです」

「時とは？」

「凱旋の時でございます。この円心は、ずっとそれだけを待っておりました。大塔宮軍の、凱旋の先陣を赤松円心が仕ります」

「凱旋と言ったな？」

「楠木正成が千早城で、この円心が摂津で、倒幕の苦しい戦を続けて参りました。その上におられたのは、いつも大塔宮様でありました。いや楠木、赤松の戦だけでなく、倒幕の戦のすべての頂点に、大塔宮様がおられました。征夷大将軍となられ、すべての武士の頂点に立たれたいまが、まさに凱旋の時でございます」

「凱旋か」

「征夷大将軍が、まことに錦上花を添えましたな」

「赤松円心を先陣として、京へ凱旋するか。ここに、楠木正成がいれば、言うことはなにもないのだが」

「楠木殿は、御用繁多でございます。帝はもう、御親政をはじめておられますし、大塔宮様が朝廷で帝を支えられたら、楠木殿も楽になりましょう」

「決まった」

「はっ？」

「名だ。信貴山から取って、貴子《たかこ》とする」

笑顔を見せた大塔宮を、円心が訝《いぶか》った表情で見ている。

全軍に、下山の下知が出された。まず八幡《はちまん》へ出、二万騎で隊伍を整えて京に入り、残りは鳥羽《とば》あたりまで進む。十数万の、壮大な凱旋である。

頼季が円心に呼ばれたのは、下山の日の前夜だった。

「なぜ、お止めしなかった？」

円心が、じっと頼季を見つめてきた。

「なにを、でございますか、お館？」

「大塔宮様が、征夷大将軍をお望みになるのをだ」

「いけませんか、征夷大将軍では？」

「いかん」

円心の声に、頼季は弾かれたように肩を動かした。言い返そうとしたが、そのまま言葉を呑みこんだ。円心の表情が、いままで頼季が見たこともないほど、険しかったからである。

「なんのために、おまえはお側にいるのだ」

「しかし、足利が征夷大将軍になるのは、止めなければなりませんでした」

「なにを、愚かなことを言う。大塔宮様は、足利殿の征夷大将軍への道を、かえって開いてしまわれたのだぞ」

「そんなことが」

「征夷大将軍には、武士の棟梁が任じられてきた。この倒幕の戦では、足利殿ということになるだろう。しかし帝は、足利殿を鎮守府将軍に任じられた。これからは、征夷大将軍などはない、ということをそれで示されたのだ。従って、幕府が開かれることもないとな。それが、大塔宮様の強い望みで、征夷大将軍に任じてしまった。つまり、これからの帝の政事でも、征夷大将軍はあるということになったのだ。これからの大塔宮様との争いで自分が勝てば、次の征夷大将軍になれると、足利殿は当然考えるだろう」

「それは」

「大塔宮様は、武士をなくそうとお考えになっている。なのになぜ、武士の棟梁たる征夷大将軍などを望み、それを認めることをされたのだ。征夷大将軍などはないというところからはじめれば、足利殿との争いも、やりようがあったのだぞ。それをなぜ、おまえたちがお止めしなかったのだ」

自分が征夷大将軍を勧めた、と頼季には言えなかった。それほど大きなことなのか、という思いがあるだけである。円心が、これほど険しい表情をしている。自分の考えが及ばないところで、大変なことになったのだと頼季は思った。

「帝と大塔宮様のお二人で、足利の野望は潰せるのではありませんか？」

「お二人のお心がひとつなら。帝は、その場しのぎのやりようをなされた。再び戦になり、足利が大塔宮様を潰すのを防ぐというな。足利殿にとっては、大塔宮様を潰す機会を奪われたわけだが、同時に征夷大将軍への道も開けた」

「では、どうすればよかったのです？」

「再び、出家されればよかった。足利がこわいのは、軍事という面から見れば、大塔宮様だけであったろう。出家されて手が届かないところへ行ってしまわれるのを、足利は恐れていたのだ。なにかあれば、その時に立たれるであろうしな。そのあたりを、帝ももうひとつよくおわかりではないようだ」

頼季も、わからなかった。血を滲ませながら戦を続けてきた大塔宮が、なぜまた出家しなければならないのだ。

「これから、大塔宮様にはつらい時が続く。お側にいるおまえたちが、しっかりと補佐しなければならぬのだ」

「しかし、足利の横暴は」

「武士をなくそうと考えれば、足利殿は確かに横暴であろう。しかし武士の方から見れば、やって欲しいことをしっかりとやってくれている、ということになるのだ。そして、武士の数は多い。いまの朝廷もやはり、武士の力に支えられている。そのあたりが、北条を倒す戦などと較べると、ずっと難しい」

「どうなります、これから？」

「わからぬ。朝廷の中の争いになるであろうし、儂などには手が届かぬことになる。征夷大将軍に任じられたことが、大塔宮様の命取りにならなければよいが」

「帝と大塔宮様は、親子でございますぞ。心をひとつにして」

「難しい。帝は大塔宮様も足利も必要とされておる」

「戦になっていれば？」

「それは、足利の思う壺であったろう」

やはり、ひと時出家すべきだったのか。それしか、道はなかったのか。

足利高氏と正面から戦をして、勝てるとは頼季も思っていなかった。信貴山に集まっているほとんどは、闘わずしてなにかを得ようとしている者ばかりだ。戦になれば、残るのはせいぜい二万。それがわかっているから、頼季も征夷大将軍を勧めたのである。

「朝廷の中の争いですか」

「どうなるのであろうな。まあいい。今夜のことは気にいたすな、頼季。大塔宮様が思いこまれたら、おまえには止めるのが難しかっただろう、ということもよくわかる」

眼を閉じ、円心は行っていいという仕草をした。

3

足利高氏は、六波羅の仮の陣屋から、あまり出ることはなかった。

鎌倉は新田義貞が落としたが、千寿王《せんじゅおう》を参陣させていたことが、意外なほど効いた。戦後、武士たちはこぞって千寿王に、つまり足利に帰属を求めてきたのである。かたちとしては、新田義貞も千寿王に従って闘ったということになった。

丹波篠村《たんばしのむら》から京に反転したのは、はずみのようなものだと思っていた。気分が高揚したり沈んだりするという自覚は幼いころからあり、篠村から反転した時は、高揚の極みにあったのだ。

しかし、もはやはずみなどではなかった。心の底に、天下を望む気持がはっきりとあった。天下人ということを、ことさら表面には出さずに、これまで動いてきた。全国の武士に帰属を求めたのは、鎌倉の幕府につかれたら困ると思ったからである。参集した武士に軍忠状を与えたのも、武士の沙汰は自分でなければならない、という雰囲気が京に満ちていたからである。

自分に何度もそう言い聞かせたが、それは本心を隠すためだったのかもしれなかった。倒幕の、公家方の旗頭である大塔宮が、信貴山に拠って、自分の戦後の行動を厳しく牽制してきた。征夷大将軍を望み、幕府を開こうとしている野望がある、と言ったのである。征夷大将軍を望もうにも、還幸した帝は、鎮守府将軍に自分を任じた。今後は、征夷大将軍などない、という意志がそれで伝えられたと思うしかなかった。

しかし大塔宮が望むと、帝はついに征夷大将軍を与えた。征夷大将軍は、帝の治世においてもあるのだ。それならば、源氏の棟梁たる自分が、その任には最もふさわしい。武士たちのほとんども、自分を支持するだろう。

大塔宮が信貴山から、たえず自分の本心を指摘してきて、それによって自分は本心がどこにあるのか気づかされたのだ、といまにして思う。

大塔宮が自分を討とうとすれば、反撃するしかないと思っていた。武士を配下に抱えようとする大塔宮は、あるべき武士の秩序を乱すだけだ。帝の皇子であろうと、討つしかない。事実、もう一度戦をしようという気になりかけた。その時、征夷大将軍だった。まず、帝にはぐらかされた。それでも、大塔宮が信貴山を下りてくるとは思わなかった。ところが赤松円心が、大塔宮を迎えに、信貴山まで出向いたのである。

楠木正成か赤松円心の言うことなら聞くだろう、と高氏は考えていた。楠木正成が信貴山に向えないようにするのは、それほど難しくなかった。千早城のような戦を、正成がまたはじめるかもしれないという疑心を、帝をはじめ朝廷の人々に植えつけたのだ。帝は正成にさまざまな仕事を与え、京から動かさなかった。

まさか赤松円心が、とはじめは思った。

正成と円心が談合したのかもしれない、といまは思っている。そうだとしたら、正成も円心も、その周到さにおいて、恐るべきものを持っていると思わざるを得ない。

京に戻った大塔宮の行列は、実にきらびやかなものだった。先陣に赤松軍の無骨な武士たちがいたが、あとはすべて甲冑《かっちゅう》を着飾っていたという。高氏は見ていない。人々に、倒幕の戦を誰が闘い続けてきたのか、鮮やかに思い出させる姿だったのだろう。

しかし、それだけだった。

朝廷の中では、わがままを通した男が戻ってきた、という扱いしかされなかった。まだ高氏の野望を言い募っているが、すべてが直接的すぎた。それは、朝廷というものの中では、馴染みにくいやり方だった。

そうしている間も、高氏のもとには全国から武士が集まり続けた。

「北条殿のおかげかな」

ひとりでいる時、高氏はよく声に出して呟いた。北条一門が威勢を張っていた鎌倉の幕府で、大大名として生き残るために、自分でも驚くほどの周到さを身につけていた。考え抜いてそうするのではなく、嗅覚のようなもので判断できるのだ。千寿王を鎌倉攻めに加えさせたのも、全国の武士に帰属を求めたのもそうだった。

それがいま、帝に対する時の大きな力になっている。

朝廷の中は、鎌倉の幕府と、あるところはそっくりだった。帝は、大塔宮と高氏をぶつからせようとしている気配だが、表面ではまったくそういう素振りを見せなかった。心の底では武士を排除しようとしながら、口では高氏を頼りにしているようなことを、何度も言うのである。

北条と違って、持っているのは力ではなく権威である。それを力と思いこんでいるようなところが帝にはあり、しばしば高氏を呆れさせた。しかし高氏は、帝のそういうところがいやではなかった。少なくとも北条のように、最後には力ということにはならないので、安心して受けとめることができる。

まず、大塔宮を除くことだった。自分が幕府を開こうとした時、力で阻止しようとするのは、大塔宮だろう。倒幕の戦を闘い続けてきた大塔宮には、それなりに兵を集める力はある。

朝廷の中に、大塔宮を排除しようという空気がどことなく流れているうちに、すべてを決してしまうことだった。そのため、打つ手は打ち続けている。

ある夜、高氏は居室に青霧《あおぎり》、赤霧《あかぎり》の兄弟を呼んだ。鎌倉の戦が終ってから、また元のように兄弟が揃って側にいるようになった。

「やはり、危険か？」

「避けられるなら、避けられた方がよろしいかと」

青霧も赤霧も、陣屋にいる時は武士の身なりだった。

気にかかっていることがあり、この二人に調べさせていたのだった。それは、大塔宮の戦力のことである。二年近くも、なぜ畿内《きない》で闘っていられたのか。それを考えた時、出てくるのは山の民だった。

不思議な勢力である。武士でも野伏《のぶせ》りでも溢者《あぶれもの》でもない。何代にもわたって、山中で隠棲していた勢力なのだ。闇の勢力、と言ってもよかった。

他者の干渉は、断固として撥《は》ねのけてくるが、むこうからこちら側へ踏みこんでくることもない。干渉さえしなければ、存在していないも同じだった。

その勢力が、倒幕の戦で大塔宮を支えた気配だった。特に兵站《へいたん》に関しては、すべて山の民が担ったとしか思えなかった。戦の基本は、兵站である。長期の戦になると、兵站が勝敗を決める。軍勢を動かしてみると、痛いほどそれがよくわかるのだ。

「何代にもわたって、朝廷と結びついてきた勢力だ、とは聞いていたが。戦に出てくるという話など、なかった」

「事実、これまでは戦に出てはおりません。山の中で、ひっそりと一族の暮しを守るだけで」

「では、なぜ大塔宮に？」

「わかりません。山の民については、わからないことが多いのです。忍びの中には、山の民らしい者もいるのですが、おのが出自を語ることは決してありません」

「戦になったとしたら？」

「山のすべてを、平地にならす。それほどの覚悟が必要でありましょう」

「無理を言うな、青霧」

「平地に出てくれば、殿の敵ではないということです。しかし山に拠れば、どんな軍勢よりも手強いでしょう」

領地でも官位でも、懐柔はできない、厄介な勢力なのである。山の民がなにを望んでいるかも、まったくわからない。

「避けよう。戦にはせずに、できるだけ早く、大塔宮を葬ろう」

「むこうも、そう考えていると思った方がよろしゅうございます。大塔宮にとっての武士は、殿にとっての山の民のようなものなのかもしれません」

「なるほどな」

「われらも心しておりますが、警固の方は油断なされぬように」

「どれほどの数なのだ、山の民は？」

「二十万とも、三十万とも。もっとも軍勢となり得るのは、二万ほどではないかと」

「たったそれだけか？」

「楠木正成は、金剛山《こんごう》に拠って、わずか数百で数十万の攻囲軍を相手にいたしました」

「あれは山の民の闘いか、青霧？」

「ああいう闘いをする、とお考えになった方がよろしゅうございます」

「それが二万か」

「まことに、厄介でございます」

「もうよい。戦はしない、と決めたのだ」

「戦になれば、大塔宮は必ず山に入るだろうと思います」

「国には、裏があるのだな、青霧。いや、光と影と言った方がよいかもしれぬ。おまえたちは、その境界にいるということか」

「われらは、はぐれ者でございます。光にも影にもなれぬ、とお思いください」

「楠木正成は、山の民に近いな。赤松円心はどうだ？」

「野伏り、溢者に近いと思えます」

答えるのは、青霧だけだった。赤霧は、喋れないのだ。生まれつき、そうだったという。ただ、忍びとしては赤霧の方が優れている。

「もうよい。儂の警固に移れ。大塔宮は、忍びを放ってくるかもしれぬ」

二人が頭を下げた。

「もうひとつ。儂は赤松円心に会いたい。それも、できるかぎり早くだ」

「それは難しくはございません。浮羽《うわ》を通して、すぐにでも」

「では、明日だ。場所は任せよう」

二人が、頭を下げて消えた。

翌日、やはり武士の身なりの青霧が高氏を連れていったのは、粟田口《あわたぐち》だった。小さな館の入口に女が立っていて、それが浮羽だということが、見ただけで高氏にはわかった。

「挨拶は抜きにしよう、赤松円心殿」

客殿で、顔を合わせるなり高氏は言った。

「そうですな。下手をすれば、次には戦場で会うことになりますし」

「それは暢気《のんき》な言い方だぞ、円心殿。恩賞の沙汰が、朝廷で決まりつつある。そういうことを、ことさら儂に知らせてくれる公家がいてな。円心殿は、倒幕のため闘い続けてこられた。功は、楠木正成と並ぶ。然るに、いかなる恩賞の沙汰が下ると思う」

「なにも、ありますまい」

「大塔宮は、紀伊《きい》を受けられる。楠木正成は、河内、和泉だ、いずれも、国司としてだ。そして円心殿は、播磨守護職だ。国司に、園基隆《そのもとたか》卿《きょう》。国司が復活されたので、守護職はその下に付く」

「播磨守護職をいただけるのですか。望外の喜びでございますな」

円心は、平然としていた。

「円心殿の恩賞が不当に低いのは、大塔宮の臣下というふうに扱われたからだ」

「そうでしょうな。それがしは、信貴山へ大塔宮を迎えに行き、凱旋の行列の先陣として京に入りました。臣下の扱いを受けるのは、当然でありましょう」

大塔宮を迎えに行くことで、恩賞を捨てたのだということに、高氏ははじめて気づいた。

「どこまで、大塔宮に殉ずる気だ、円心殿？」

「悪党が、誰かに殉ずると思われますか、高氏殿？」

「では、なぜ？」

「おのが気持に、悪党は殉じます。それがしは、大塔宮様のあの純粋さがなぜか好きでしてな。楠木正成殿も、同じように言っておりました」

「やはり、楠木殿と円心殿は談合していたのか」

「いけませぬか？」

「いや、驚いた。見あげたものだ」

高氏の心の底から、円心と正成に対する恐れが湧きあがってきた。この二人は、こちらが思っているところより、ずっと深くまで読む。読んだ上で、必要とあれば恩賞を投げ出しても、やるべきことはやってしまう。

倒幕の戦も、この二人が支えたのだ。自分は、そこに乗ったにすぎない。

「悪党は、失うものがない、と言われていたな、円心殿」

「誇り以外は」

「御自身の気持に殉ずることが、円心殿の悪党としての誇りであったか。これからも、大塔宮に従われるのか？」

「わかりません」

「それがしがお迎えに行ったのは、畿内で厳しい戦に耐えておられた、大塔宮様です」

「そうか」

高氏は、円心の眼を覗きこんだ。深く、静かで、湖水を感じさせる眼だった。

「ここに、帝がおられる」

高氏は、板敷に扇を置いた。

「そしてここに、大塔宮と儂だ」

懐紙を二つに破り、扇にむかい合うように並べた。

「帝は、儂が武士として持っている力を、御自身のものにされたいと考えられている。つまり二枚の懐紙を争わせ、一枚を破り捨て、もう一枚を扇に貼りつけてしまう。破り捨てられるのが儂で、扇に貼りつけられるのが大塔宮だ」

円心は、かすかな笑みを浮かべて、板敷に置かれた扇と二枚の懐紙を見つめていた。

「そのために、大塔宮を征夷大将軍に任じられた。儂は自分が鎮守府将軍に任じられた時、征夷大将軍などはなくなるのだと思った。朝廷のもとで、儂が武士をまとめていけばいいのだとな。帝がおられ、政事をなされ、儂はその下で武士だけをまとめていく。幕府などはなく、それでよいとも思っていた」

「しかし」

円心は、なにも言おうとしない。

「しかし帝は、儂の持つ力をすべて、御自身のものとなさりたいのだ。それはそれで、深いお考えがあってのことかもしれぬ。大塔宮がしようとしていることを見れば、帝のお考えもわかってくる。武士などというものを、帝はなくしてしまわれたいのだ」

「でしょうな」

短く、円心が言った。高氏は、円心の眼を見続けていた。

「武士がこうなったのは、武士だけの責任ではない。朝廷は、長きにわたって、武士に血を流す仕事をさせてきた。何代も、何十代もの、おびただしい流血の果てに、いまの武士がいるのだ。その間に武士は、おのが秩序と掟を作ってきた。その中でいま、無数の武士が生きておる」

「わかります」

「それを、儂を破り捨てたぐらいで、御自身のものにできると、帝はお考えなのだ。貪欲すぎはせぬか。儂を破り捨てるということは、何代にもわたって朝廷のために血を流し続けてきた、武士そのものを破り捨てようとすることでもある。それが、たやすくできることと思うか。武士が、唯々諾々とそうさせると思うか。流れた父祖の血にかけて、それはできまい」

「それも、わかります。それで、高氏殿は大塔宮様を討たねばならぬ、と思われたのですな」

「大塔宮を討つことが、帝が武士にされようとしていることを、阻止することになる。儂は源氏の棟梁だが、武士のためにそれをやろうとは思わん。儂自身のために、それをやる。じっとしていて潰されるほどの、お人好しではないからな。たまたま儂が源氏の棟梁ゆえ、儂が儂のためにやることが、すなわち武士のためということになってしまうのだ」

「大塔宮様を討ったあと、どうなります？」

「わからぬ。帝がいて政事をなされ、儂が武士の沙汰をする。それでいいと思うが、帝はもっと多くのものを、すべてを望んでおられる。正直なところ、篠村で軍勢を返し、六波羅探題とぶつかった時、こんなふうになるとは思ってもいなかった。同じように、今後どうなるかも、儂にはわからん」

「それだけのことを、それがしに喋ってどうなります」

「敵に回したくないのだ。楠木正成と赤松円心。この二人だけは、敵に回したくない」

「二人とも、高氏殿から見れば、とるに足りぬ悪党にすぎませんぞ」

「好きな相手とは闘いたくない。それは、儂がずっと願ってきたことだ」

円心は、ほほえみ続けていた。高氏は、板敷に置いた扇を手に取り、開いて懐に風を送った。いつの間にか、暑いと感じる季節になっている。

「円心殿、朝廷とは恐ろしいところぞ。北条一門が牛耳っていて理不尽もまかり通った、鎌倉の幕府よりずっと恐ろしい。誰が、なにを考えているかも、わかりはせぬ。信貴山から戻った大塔宮は、朝廷では嫌われ、誰も相手にしようとはせぬ。皇子でありながら、父たる帝もそれを助けようともされぬ」

高氏は息をついた。実際のところ、朝廷での大塔宮の扱われようを見ていると、当面の敵である自分でさえも、腹が立ってくる。

「大塔宮は、征夷大将軍のほかに兵部卿《ひょうぶきょう》でもあるが、ただの飾りだ。なんの発言すらも、できぬところにいる。戦もしてこなかった公家どもが、官位を貰い、好き勝手なことを喋っているのに、大塔宮の言うことは、誰も相手にしようとせぬのだ。いいか、円心殿。大塔宮は、倒幕の戦の主柱だった。儂が見てさえも、朝廷の中でただひとり、帝のありようを、朝廷のありようを真剣に考えている。私心は、まるでない。その大塔宮が、疎外されてしまうのが、朝廷というところなのだ。そのくせ、儂を潰すためには、大塔宮を利用しようと考える。儂を潰すのには、血を流さずにはいられぬであろうから、それは大塔宮にさせようというのだ」

また、高氏は大きく息をついた。久しぶりに、ずいぶんと喋ったと思った。嘘を言ったとは思っていない。

「大塔宮様が、朝廷で力がないのであれば」

「すべての人が、公家どものように腐ってはいないのだ、円心殿。大塔宮のしてきたことをちゃんと見、大塔宮のもとにならば馳せ参じてもいい、と思っている人間は多い。儂の力と同質のものを、朝廷の中でただひとり持っているのが、大塔宮だ。まこと、武士より武士らしい武人よ。帝の皇子の血を受けているのが、儂には不幸とさえ思える。それでも儂は、儂自身を守るために、大塔宮を潰さねばならん」

「わかり申した、高氏殿のお気持は」

「これからも、会えぬか、円心殿」

「さあ、それはどうか」

「ならば、青霧を時々やる。円心殿も、浮羽を寄越してくれ。たとえ円心殿と敵同士になるとしても、お互いを知らぬままそうなりたくはない」

　かすかに、円心が頭を下げたように見えた。

　円心が去ると、喋っていた時の高揚が嘘のように、高氏は自分が沈みこんでいくのを感じた。自分がなにをしようとしているのか。それがわからなくなる。おのがために闘い、おのがために生きる。沈みこむ気持の中で呟いても、空しいだけだった。

八月に入ると、倒幕に功のあった者たちに、朝廷から恩賞の沙汰があった。

公家に厚い恩賞だったが、楠木正成、名和長年などの武将には、過分のものが与えられた。赤松円心には、播磨守護職のみである。

国司が復活されて実権を持つので、鎌倉幕府の守護職とは程遠いものに過ぎない。

円心は不平も洩らさずそれを受けたというが、次男の貞範が、激高して高氏の屋敷にやってきた。高氏には、どうしてやりようもなかった。阿《おもね》る公家はいるものの、高氏も大塔宮と同じように、朝廷での発言は封じられているに等しかったのだ。ただ、背後に強大な力を持っているので、恩賞の沙汰はほぼ望んだ通りだった。

播磨の治安を回復しなければならないという理由で、円心が帰国の途についたのはそれから二日後だった。負け犬が帰っていく。公家の中には、あからさまにそう言って嗤《わら》う者さえいた。

*4*

赤松村に戻った円心は、久しぶりにゆったりとした時を過した。

守護職として、播磨の武士をまとめるための動きは忘れなかったが、そのほとんどは、中山光義《なかやまみつよし》と河原弥次郎《かわはらやじろう》がやり、円心は館にいることが多かった。

京から、明香《あきか》という女性《にょしょう》を伴ってきていた。下級の公家の娘だが、倒幕の戦で両親を失っていた。十七歳である。

明香の挙止には、播磨の田舎の女にはないものがあり、それが新鮮だったのである。居室でも、茵《しとね》でも、公家の女性とはこんなものなのか、という挙止をした。円心ではじめて男を知った若い肌は、日ごとに女らしさを増していくようでもあり、それも円心には驚きだった。

時子《ときこ》、波留《はる》、知佐《ちさ》という三人の女を忘れたわけではないが、呼ぶのはずっと間遠くなっていた。村にそれぞれ家を持たせ、時々通うのも悪くはない、と円心は思いはじめている。

「殿が、京の女性に溺れていると、笑いものになっているのを、御存じですか？」

見かねたのか、光義がある日言った。

「好きにさせよ、光義。儂の余命があとどれほどかはわからぬが、長かろうと短かろうと、好きに生きたいのだ」

「女性を愛《め》でられることを、悪いとは申しません。しかし、京はいまだ騒然としております。貞範様からの知らせでも、綸旨を求める人で溢れているとか。まだ、乱世は終っておりません」

「だからこそよ」

「誰の眼を欺《あざむ》こうとしておられます？」

「誰も、欺きはせぬ。そして、自分も欺きたくはない」

「恩賞に恵まれなかったから、女色に溺れているなどと言われると、それがしの気持も穏やかではありません」

光義は苦笑していた。

戦を経て、光義はひと回り大きくなったような感じだった。どこかに、死んだ上月景満《こうづきかげみつ》と似た風格も出てきている。光義だけでなく、みんなが大きくなった、と円心は思う。

「殿は、このまま生涯を終えられてもよい、と考えておられますか？」

「このまま終れば、それだけの生涯だったということであろう。それならそれで、仕方があるまいよ」

「しかしながら、殿が動ける場が、まだいくらもございますぞ」

「見えぬのよ」

「なにが、でございますか？」

「いまの政事の行方が。明日どうなるかも、定かではないという気がする」

「だからこそ、いま」

「儂は、死ぬまで悪党でいるつもりだ。悪党であることを、忘れはせぬ。恩賞にも、不満はないぞ。ただの悪党に、播磨守護職は過分だなどと言うつもりもない。不満がないのは、先のわからぬ恩賞だからだ。そんなものを貰っても、明日は反古《ほご》かもしれぬ」

「お気持は、わかります。それがしも、世の流れが、漠とはわかるようになって参りました。しかし、このままでは、われらはどうなるのだ、という焦《あせ》りも捨てきれません」

「もっとひどいと、おまえが思うようなことが起きるかもしれぬ」

「どんなことになろうと、殿が耐えよと言われれば、それがしは耐えられます」

「貞範あたりが、もう耐え難いと泣き言を申してきたか。それも儂にではなく、おまえに。光義、貞範に伝えよ。耐え難い時耐えるのが、まことに耐えるということだとな」

「殿は、大塔宮様のことを、お気にかけておいでですか？」

「気にはかかる。しかし、あのお方も、いまはお耐えにならなければならぬ。ひとりきりで、お耐えにならなければならぬのだ。でなければ、滅びるというだけのことよ」

「わかりました」

「なにが、どうわかった？」

「殿が、心中ひそかになにかを期しておられるであろうことが。そして、殿が最も耐えておられるのだろうとも」

「三千の軍勢があればよい、光義。それを使えるかどうかわからぬのに、ただ待つというのは苦しいが、それしかないのだ」

「三千は、精兵として鍛えあげておきます」

光義が退出した。

自分がこれまでやってきたのがなんだったのか、と考えたことは一度もなかった。思うようにやって、いまここにある。男は、それでいい。そしていまは、ただなにかを待つしかない時なのである。

尼崎の範資は、再び物を動かしはじめていた。物を動かすことによって利が生じ、それが大きな力になることは、長い戦の間にいやというほどわかったはずだ。

園基隆に代って、新田義貞が播磨国司に任じられたのは、十一月だった。朝廷の意図は、よく読めなかった。知らせてきた貞範の書状には、新田は豪放な大将であると言う者がいるし、それだけと言う者もいる、と認《したた》めてあった。相変らず激高した内容の書状だが、どこかに冷静なところも見えはじめている。いまの状態がそのまま続くわけはない、と貞範も感じはじめたのかもしれない。

その書状と前後するように、めずらしい男が円心の館を訪《おとな》ってきた。

楠木正季《まさすえ》である。正成からの書状を持参していた。

「正成殿は、儂が播磨守護職しか貰えなかったのを、いたく気にしておられるな」

書状を読み、円心は言った。その上、新田義貞が国司となった。思いが余って、ついに書状を認めたというところだろう。正成らしくもないことだ、と円心は思った。

「新田義貞は、騎馬で突っこむことしか知らぬ武将でござる。そういうところを、帝は気に入っておられるのでしょう。足利高氏ほど危険ではないということで」

「騎馬で突っこむところが、この播磨にはない。心配はされるな、と正成殿にはお伝えくだされい」

正季の話では、正成はしきりに河内に帰りたがっているという。ただ、帝に拝謁すると、しばしその考えを捨てるというのであった。帝のなにかに魅かれている、としか思えぬと正季は言った。

足利高氏にも、帝のやりように不平を並べながら、どこか嫌いになりきれないという感じがあった。

二度も倒幕の兵を起こそうと企て、隠岐《おき》にまで流されながらも、志は決して捨てることはなかった生き方には、人を魅きつけるなにかがあるのかもしれない。

それが、円心には危険なもののようにも見えた。

「大塔宮様は？」

「兄は、たえず気にしております。しかし、朝廷の中では、兄にはなんの力もないのです。庇《かば》うなどということは、できるわけもなく」

「そうか」

「足利殿の力が益々大きくなり、それに従って大塔宮様の力は弱くなっております。もはや軍勢らしい軍勢もなく、溢者を召し抱えるというようなことをされております」

「出家は、されぬのか?」

「兄が一度、お勧めしたようですが」

大塔宮の話になると、正季の表情は一段と曇った。

「それにしても正季殿、大人になられたな。摂津でお会いしたあの時が、まるで嘘のような気がする」

「兄が朝廷にいるので、それがしも軽率なことはできません。性に合わず、窮屈な思いをしておりますが」

「この円心は、また播磨で悪党として暴れようかと思っている。正成殿の立場では許されることではあるまいが、儂は、播磨の悪党のままだからな」

「羨ましい、と心から思います。兄も、そう思うでしょう」

「いずれ、どこかで会えるであろう」

正季は、館にひと晩泊っていった。

新田義貞の家人《けにん》が、主の名代として播磨に入り、円心を陣営に呼び出したのは、正季の来訪の五日後だった。

京より戻ってからはふさぎこみがちだった則祐を伴い、円心は出かけていった。

二千ほどの兵で、高田庄《たかだのしょう》の東に陣営を作っていた。

「赤松円心、大儀である」

四十をいくつか越えたろうと思える、いかにも坂東《ばんどう》武者という感じの男だった。

「これは、新田殿の名代であられるか。新田殿とは、京でもお目にかかる機会はなかったが、播磨に来られるとは、縁でござるかな」

「新田殿はあるまい、赤松円心。守護が国司に使う言葉ではないぞ」

「これは、失礼いたしした。赤松円心は、佐用《さよう》郡の田舎者でございましてな。もの言いなど、よくは知りません。ただ、播磨は国司に御心配をかけるようなことは、なにも起きておりません。ゆるりとされることですな」

「ふむ。大塔宮配下の、悪党あがりの武士と聞いたが、礼儀は知っておるようだな。大塔宮はいま、京で溢者などを召し抱えておる。自分をなんだと思っておるのだ」

そばに控えた則祐が、拳《こぶし》を握りしめていた。

「それがしは、ただの播磨の守護職でござる。御新政で国司が復活されたので、国司より命じられたことを、そのまま実行するだけの職である、と思っています」

「いずれ、命ずることはある」

なんの目的かはわからないが、新田義貞の名代の武士は、明らかに円心を挑発しようとしていた。

「いかなる御下命であろうと」

言って、円心は頭を下げた。武士が、大きく頷いている。従わせた、と思っているのだろう。悪党がなんであるのかも、この武士は知らない。

「則祐、いろいろと思い悩んでいるようだが」

帰路の馬上で、円心は言った。

「新田ごときに、父上は頭を下げておられる。これも、大塔宮様の配下という扱いを受けているからです。それがしは、くやしゅうござる。なぜ父上が、ただの播磨守護なのか。なぜ、大塔宮様は朝廷からはじき出されるのか」

「大塔宮様は、おひとりで闘うしかない。負ければ、滅びるしかない。これは、誰であろうと同じことなのだ。人の争いは、なにも戦ばかりではない」

「それを、いろいろと考えております」

「もうよさぬか、則祐。考えるのをやめて、動いてみよ」

「動くと言われますと」

「われらは、悪党の子ぞ。悪党らしく、この播磨で、暴れてみよ」

「そういう者を取締るのが、父上の職掌ではございませんか」

「よいのだ。国司からは、いろいろと言ってこよう。儂は女色に溺れ、国司の命ずる通りに動きもせぬ守護よ。それでいい。そして、おまえが、悪党として暴れるのだ。まず、新田の名代を播磨から追い出してみよ」

「よろしいのですか、新田と敵対して」

「新田のこれまでの闘いぶり、そしてあの家人を見れば、新田義貞の器量はおのずと知れる。悪党が暴れる季節になっておると思わぬか、則祐」

「いいのですね」

「思うさま、暴れてみよ。考えるのではなく、戦の中で、なにかを見つけてみよ」

　則祐が頷いた。

　播磨の草原は、挙兵の前とどこも変っていない。なだらかな丘陵に、どこまでも草の海が続いているだけである。

# 第九章　砕けし時

## *1*

七条《しちじょう》にある屋敷に、貞範《さだのり》はすぐに入れてくれた。

「ほかに、行くところが思いつかなかった」

頼季《よりすえ》は、貞範を前にしてうなだれた。

大塔宮《おおとうのみや》が、腕が立つと見れば、溢者《あぶれもの》であろうと誰であろうと、臣下に加えはじめ、それを諌《いさ》めようとする頼季は、自然に退けられることになった。それでも諌め、ついには追い出されたのである。

「叡山《えいざん》から、常に労苦をともにしてきたおまえが、犬のように追われるとはな」

「斬られなかった。太刀は抜かれたが、儂《わし》を斬ろうとはされなかった。やはり、ともに乗り越えてきた労苦を、思い出されたからであろう」

「それほどまでに、大塔宮様は荒れておられるのか？」

「荒れるというようなものではない。儂にはむしろ、悲しんでおられるように見える。帝《みかど》と話し合われる機会が、何度かあった。そのたびに、武士をどうやって押さえるかを大塔宮様は献策され、帝はそれを取り入れると言われた」

「外から見ていると、そんなふうには思えなかったな。まず征夷大将軍《せいいたいしょうぐん》を解任された。集まっていた武士たちも、どこかへ消えてしまった。一枚ずつ、衣を剝がれるように力を奪われていった、としか見えなかった」

「帝は大塔宮様の考えを取り入れると、口で約束なされるだけなのだ。翌日には、掌を返しておられる。帝の意志と信じて大塔宮様がなされることが、すべて御新政を乱すものとして扱われてしまう」

実際に、それはひどいものだった。

帝が、すぐに方針を変えてしまう背後に、足利尊氏《あしかがたかうじ》の力があることは、頼季にもわかっていた。そういう武士の力があるからこそ、帝と大塔宮は一体でなければならない。

なんのための、倒幕の戦《いくさ》だったのか。その思いは頼季にもあった。すべては、足利が幕府を開くという方向に流れているように見えた。

大塔宮は、ついに足利尊氏を暗殺することを決意した。それも、帝との話し合いの結果である。つまり帝もそれを認めたということだが、頼季は信用しなかった。帝は、またどこかで掌を返す。そうなれば、大塔宮が単独で足利尊氏を殺そうとした、ということになってしまう。

腕の立つ者を臣下に加えようというのは、つまりは暗殺団の組織だった。頼季は、懸命にそれを止めたのである。

「足利殿の力は、日に日に増している。しかしそれも、どうなるかはわからぬ。いまの京を見てみろ、頼季。政事などないも同然で、六波羅探題《ろくはらたんだい》がいたころを懐かしむ者まで現われる始末だ。いまは、じっとしていろと父上も申されておる。まだ、すべてが流れているとな」

「お館《やかた》も、朝廷のなさりようが肚《はら》に据えかねておられよう」

赤松円心《あかまつえんしん》は、播磨《はりま》守護職を解かれ、わずかに佐用《さよう》郡の地頭職のみ許されるという、不可解な措置を受けたばかりだった。大塔宮の臣下と見られたせいなのか、ほかの理由があるのか、まったくわからなかった。

「暑い夏じゃのう、頼季」

「貞範殿は、落ち着いている。儂が思ったより、ずっと落ち着いている。朝廷のやりように、激高しているとばかり思っていた」

「六月に、父上の守護職が突如解任ということになった時は、はらわたが煮えたわ。赤松一族は、倒幕の戦の主柱のひとつだったのだぞ、頼季。朝廷はなにを考えているのだ、と思った。そしてわかった。なにも考えてはおらぬ。政事が、帝のわがままで動いているだけということよ」

「足利との力関係をどうしていくか、帝は帝で考えておられると思う。しかしいつも、その場凌《しの》ぎになる。そこで、大塔宮様との間が開いてしまう」

「なにが、足利との力関係だ」

吐き出すように、貞範が言った。

「いいか、足利殿は、はじめから足利殿のままだ。源氏の棟梁《とうりよう》である足利殿よ。そのままにしておけばよいではないか。武士のことは足利殿に任せ、帝は政事をもっとまともなものにされればいいのだ。それを、足利が強すぎるなどと考えはじめるから、面倒になるのだ。そんなことを考える暇があったら、政事がうまく進むように考えればいい」

「そう簡単なことではないのだ、貞範殿」

「儂は武士だ、頼季。武士の仕事は戦だ。いままでそう考えてきたし、これからも変らぬ。それ以上のことは、考えたくもないな」

「帝も大塔宮様も、楠木《くすのき》、名和《なわ》などの、新しい勢力に期待しておられる。それは変らぬ」

「どうかな。楠木、名和に並んで、なにゆえ赤松が入らぬ。新しい勢力といえば、われらこそ新しい勢力だ」

頼季は言葉に詰った。円心の処遇には、誰が考えても最初から不当なものがあった。その上、理由さえ定かではない守護職解任である。帝の好悪の感情によって、すべてが決められているのではないか、と貞範でなくとも思いたくなる。

「まあ、腹は立てぬ。この一年余、朝廷のやり方を見てきたが、反吐《へど》が出るだけで腹は立たぬ」

「お館は？」

「父上は、もっと淡々としておられる。いまは赤松村で、京から伴った明香《あきか》という女子と睦み合っておられよう。はじめは儂もたまげたが、それが父上らしい時の待ち方なのだとわかってきた」

あの円心が、京から伴った女性にうつつを抜かしている。それはやはり時を待つためなのだということは、頼季にもわかった。女性に魂を奪われるほど、円心は甘い男ではない。

「儂が京に留まっているのは、一族の誰かが京にいた方がいいと思うからだ。兄上は尼崎《あまがさき》だ。儂がいるしかあるまい。暴れまくっている、則祐《そくゆう》が羨ましい」

「則祐殿が？」

播磨の国司は新田義貞《にったよしさだ》で、代官がしばしば悪党に叩き潰されているというのは、京でも話題になっていた。守護職の赤松円心が無能だからだ、という噂もあった。

円心は守護職として働かず、裏では則祐に暴れさせていたということなのか。

「頼季、お前も播磨へ帰ったらどうだ。悪党になろうとしたころのことを、もう一度思い出してみろ」

貞範の言い方には、かつての朋輩《ほうばい》に対するやさしさが滲んでいた。十六歳で叡山に登るまでの数年間、貞範とは兄弟のようにして生きたのだった。

不意に、止めようもなく涙が溢れ出してくるのを、頼季ははっきりと感じた。涙は、頬を伝い、顎のさきから膝に滴りおちた。

「帰れ、播磨へ。あそこには、おまえが生きられる大地があるぞ。おまえは、この一、二年のわずかな間に、まるで死人のようになってしまった。朝廷のことなど、どうでもいいではないか。播磨の大地で育てられ、播磨の大地へ帰っていく。われらには、それがあるだけだ」

帰りたい。心の底から、そう思った。疲れ果てたのかもしれない。しかし、帰れなかった。大塔宮に、征夷大将軍を望むように勧めたのは、この自分である。

大塔宮が征夷大将軍に任じられた時、足利尊氏は自分の進むべき道に目醒めたに違いないのだ。思い出すのは、信貴山《しぎさん》に大塔宮を迎えにきた時の、円心の深刻な口調だった。円心は、あの時からこの日を予想していたのだと、いまにしてはっきりとわかる。

自分が大塔宮に征夷大将軍を望むことを勧めたのは、深い考えがあってのことではない。荒れ狂う大塔宮を鎮めるために、とっさに思いついたことにすぎないのだ。いまの朝廷のやりようと、なんら変るところはなかった。

「貞範殿」

「帰るか、播磨へ？」

「ここに、置いてくれ。儂は播磨へは帰れぬ。帰ってはならぬのだ」

「そうか」

貞範が、拳《こぶし》で一度自分の膝を打った。

「それほどまでに、大塔宮様を」

「帰れぬ。帰るわけにはいかぬ」

「わかった」

貞範は、頼季が言うことの意味を、まるで別のこととして解釈したようだった。

「いたいだけ、ここにいろ。朝廷であろうと足利であろうと、この赤松貞範が、誰にも文句は言わせぬ」

涙は、流れ続けた。

貞範の情に流している涙ではなく、おのが腑甲斐《ふがい》なさに流している涙である。

屋敷のうちに一室を与えられ、頼季の新しい京の生活がはじまった。

外に出ることはほとんどなく、いつの間にか夏が終った。

頼季が考えていたのは、叡山からの大塔宮との日々だけと言ってもよかった。

長く、苦しい闘いだった。何度も、駄目かもしれないと思いながら、それでも立ち直り続けた。戦に関しては、大塔宮は申し分もなく勇猛だった。粘り強くもあった。いま朝廷の中を闊歩している公家の中で、大塔宮ほど闘い抜いた者は、ひとりもいない。みんなが、大塔宮の長い闘いで築きあげられたものの上に立っているのであり、それは帝とて変りはない。

楠木正成《まさしげ》が現われ、赤松円心が立った。それが大きな流れになって、足利尊氏まで流れに乗ったのだ。

それがどうしてこういうことになったのか、頼季にはいまだに理解できなかった。足利尊氏がいたからか。帝が掌を返してばかりで、なにひとつ大塔宮に対して誠実なことをしなかったからなのか。

やはり、征夷大将軍を望んだ時から、大塔宮は違う道を歩きはじめたのだ。そして、引き返したくても、引き返せないということが、大塔宮を苛立たせたのだ。そうとしか思えなかった。

大塔宮に征夷大将軍を望むように進言したのは、自分なのである。

大塔宮が目指していたものがなんであるのか、自分はほんとうに理解していたのか。理解していたつもりでも、目先にある楽な道を選んでしまったのではないのか。

尽きることのない、悔恨だった。なんのために、大塔宮に従っていたのか、と思わざるを得なかった。

六波羅探題が滅びた時、勝ったと思った。長く苦しい戦のすべてが、これで終ったのだと思った。しかし大塔宮は、すぐに足利という新たな敵を見つけた。あの時、自分は戦に倦《う》んでいたのではなかったのか。だから、すべてを終らせる方法だけを考えたのではないのか。

帝がなんとかされる、とは思い続けていた。しかし考えてみれば、はじめから帝は大塔宮とは違う道を歩いていたのだ。大塔宮と足利尊氏をいがみ合わせ、利用するだけして捨てようとしている。

やはり、円心の言った通り、大塔宮は出家しておくべきではなかったか。出家したが、大塔宮が叡山にいる。それが足利への無言の圧力になったのではないのか。

考えて、考えきれるものではなかった。

ただ、このままでは大塔宮は捨てられ、出家するしか道がなくなる。その出家は、勝利のあとの出家とはまるで違い、ただ仏門に逃げこむというだけのことになる。

大塔宮のくやしさを思うと、身がふるえる。焦りで、心まで黒くなっていく。しかし、大塔宮に追い出された自分には、なんのやりようもないのだ。

足利尊氏を殺すことで、大塔宮はすべてを逆転させようとしている。それがうまくいくとはどうしても思えないから、自分は止めたのだ。そして勘気を受けた。

足利尊氏の暗殺ですら、帝が最後にもう一度だけ大塔宮を利用しようとしているのだ、としか思えない。

ある夜、貞範が酒を持って頼季の居室へやってきた。

「ふさぎこんでいるそうだな、頼季。気持はわかるが、大塔宮様はもう駄目だろう。足利殿は、屋敷を大兵で固めている。帝の行幸に供奉《ぐぶ》する時も、帝の身を護らねばならぬと、強力な軍勢を伴っていく。片時も、軍勢を離そうとはなさらず、帝もそれを認めておられるようだ」

「そうだろうな」

足利尊氏の暗殺も、うまく運べば儲けものという思いしか、帝にはなかったに違いない。行幸にまで足利軍の随行を認めているのなら、またしても掌を返したのだ。

「なんという方だ」

頼季は唇を噛んだ。

反射的に、脇差に手がのびた。眼の前の巨大な影を両断してしまいたい。思ったが、貞範の姿があるだけだ。

「なんの真似だ。頼季」

貞範の声は、落ち着いていた。それがかえって、頼季の気持を惨めなものにした。

「貞範殿、儂は腹を斬る」

「なんのために？」

「帝と会うのを避け、速やかに出家なされるようにと、大塔宮様に伝えるためだ。儂の首を、大塔宮様に届けてくれ」

「無駄なことだ」

「死をもってお諫めするのが、無駄だというのか」

「聞いていただかなければ、無駄であろう。楠木正成殿が、ひそかに出家を勧められたようだが、聞く耳はお持ちではなかったようだ」

正成の名が出てきたので、頼季は次の言葉を呑みこんだ。正成にさえも、なにもできない。自分ごときに、なにができるのか、という気がしてくる。

「頼季、おまえはつまらない男になったな」

「どこがだ？」

「細かいものに、こだわりすぎる。昔は、もっと闊達な男だった。この戦が、おまえをおかしな方へ変えてしまった」

頼季はうつむいた。理由もなく、貞範が大きく見えた。

「済まぬ」

「そうさ。俺たちはいつも、肚の底まで隠さない付き合いをしてきた。儂は、それを変えたいとは思っていない」

「腹を斬るなどという言い方は、もうせぬ」

「わかった。飲めよ」

貞範が盃を差し出す。

「楠木殿は、どうしておられる？」

「河内《かわち》だ。とうの昔からな。朝廷があれほどつまらぬものだとは、楠木殿も考えてはおられなかっただろう。足利殿は、楠木殿が京にいて、自分と帝の間に立ってくれることを望まれているようだが、それも無理だな」

頼季は、盃の酒を飲み干した。すぐに貞範が注いでくる。

「お館は、どうしておられる?」

「相変らずだ。赤松村で、のんびりと構えておられる。恩賞の沙汰があった時、そして播磨守護職が召しあげられた時も、父上は当然という顔で、受け流された。儂は、怒ったがのう。播磨守護職が召しあげられた時は、怒ってみせたぐらいのものだった。足利尊氏殿を見ていても、父上を見ていても、事はまだなにも終っていない、ということがよくわかる」

円心が則祐に暴れさせているので、年貢も上納されないうちに奪われる、という話は聞いていた。国司の新田義貞の軍勢でさえ、時には播磨から追い払われているという。守護職は国司の下で、その命を受けて動くことになっている。悪党を討伐せよという命は、何度も出されたはずだ。つまり、円心に則祐を討てという命である。暴れているのが則祐だと知っていれば、新田もそういう命は出しはしないだろう。新田の眼をくらますことぐらい、長く六波羅の直轄であった播磨で、悪党として生きてきた円心にはたやすいことだ。

「父上を見ていて、儂も落ち着いてきた。いまの朝廷では、怒る気にもなれん。それより、力を養っていた方が得だ。この一年余で、赤松軍はかなりの力を蓄えたぞ」

則祐が、播磨の原野で暴れ回っている。想像すると、羨ましいような気分がこみあげてくる。大義だなんだと叫ぶより、頼季もただ馬を駆っていたかった。

「なあ、頼季。やはり播磨へ帰らぬか。おまえが屋敷にいるのがいやで、言っていることではない。帰った方がいい。おまえを見ていると、そう思わずにはいられないのだ。自分を責めすぎる。大塔宮の勘気が、それほどのものなのか。来る日も来る日も、自分を責めなければならないほどのものなのか」

頼季は、黙って飲み続けた。なんと言えばいいか、わからなかったのだ。

それから四日ほど経った時、貞範がまた駈けこんできた。

「すぐに播磨へ発《た》て、頼季」

「それについての儂の意志は、よくわかっておろう、貞範殿」

「なにを言っている。さきほど、宮中で大塔宮様が捕縛されたそうだ」

「捕縛？」

「なぜかわからぬが、捕縛されたことは間違いない。同時に、数名の武士も捕えられた。南部《なんぶ》と工藤《くどう》だ」

「あの二人が」

大塔宮の周辺で、軍勢と呼べるものを持っているのは、この二人だけだろう。

「捕えるべしという者の名の中に、南部、工藤とともに、おまえの名もあるそうだ。足利からの情報だから、間違いはない」

「しかし、なぜ?」

「そんなことを考えている暇はないぞ、頼季。すぐに京を離れて、播磨へむかえ。播磨に、おまえを拒む者などおらぬ」

貞範が、家人《けにん》に山伏の装束を持ってこさせた。

「捕縛したのは、誰だ?」

「結城親光《ゆうきちかみつ》、名和長年《ながとし》」

帝の側近の二人だった。頼季は、眼の前が暗くなるのを感じた。最悪の場合は出家するしかないだろうと思っていたが、捕縛とまでは考えたことがなかった。

茫然としたまま、七条の屋敷を出、とりあえず山崎《やまざき》にむかった。

貞範からは、真直ぐに播磨にむかえときつく言われている。しかし足はむいていかなかった。おめおめと円心の前に出られるのか、という思いが強かった。

大塔宮を救い出して、ともに播磨にむかう。頭に浮かんだのは、それだった。しかしどうすればいいかはわからない。どこに捕えられているかさえ、わからないのだ。

頼季が足をむけたのは、播磨ではなく南へだった。そこには、大塔村がある。山の民もいる。

2

意外なことだった。

大塔宮の身柄をどう扱うかについて、尊氏は考えに考え、朝廷に上申した。朝廷からは、すぐに許可が下りたのである。許可が下りるとさえ、尊氏は予想していなかった。最初の上申から数歩後退したところで、許可は下りるはずのないことなのだ。

尊氏の上申は、大塔宮を鎌倉《かまくら》に流すというものだった。実際は、身柄をそのまま自分に任せて欲しいということである。鎌倉には、弟の直義《ただよし》がいるのだ。

「孫子の代になって、これがなんと言われるのであろうか。子たる皇子を儂の手に委ねた帝に、情が無いと言われるのだろうか。それとも、皇子を流罪にした儂が、不忠者と言われるのか」

聞いているのは、青霧《あおぎり》、赤霧《あかぎり》の兄弟だけだった。余計なことは、なにも言わない。もっとも、赤霧は生まれつき口が利けないのだ。それで、驚くほど遠くにいる人間の唇の動きを読む技を身につけた。

「捕縛して、しかも儂が望めば差し出す。これが、父のやることなのだろうか。わが身を護るために千寿王《せんじゅおう》を捕縛する、などということは、儂にはできぬ」

もともとは、朝廷に圧力をかけるために、二万ほどの軍勢を京に集結させたのだった。朝廷に、不穏な動きがあった。ひそかに、兵を集める気配があったのだ。帝と大塔宮の談合の上で、それは行われているのだろう、と尊氏は思っていた。兵が必要ならば、自分に命じればいい。武士の沙汰は、源氏の棟梁たる自分がするのだ。それを知らしめるためだけに、京の西に陣を敷いた。それ以上のことを、尊氏はやる気がなかった。

六波羅探題のように、廷臣のみならず、帝まで捕縛しかねない、と思われたのだろうか。それとも、大塔宮を捕縛して差し出さなければならないほど、計画されていたことは大きなことだったのだろうか。

「大塔宮を、鎌倉へ護送するための軍勢に、われらも付いた方がよろしゅうございますか？」

青霧が、静かな声で言った。

「なにが、考えられる？」

「楠木か赤松の意を受けた者が」

「それはない」

楠木正成も赤松円心も、読むところは読んでいる。もし仕掛けてくるとしたら、自分に対して直接来るだろう。大塔宮が捕縛されたことで、朝廷と自分の力関係が大きく崩れると一番よくわかっているのは、あの二人だ。

廷臣たちも、そして帝さえも、大塔宮だけが朝廷に集まった軍勢を統率しうると、気づかなかったのだろうか。それも見えなくしてしまうほど、わが身が大事なのだろうか。

六波羅を倒して、尊氏が最も心を砕いてきたのは、大塔宮の力を弱めることだったと言っていい。帝も廷臣も、結果としてその尊氏に手を貸したのである。

「思えば、不運なお方よ。朝廷のため、帝のためになされたことが、ことごとく帝と朝廷によって拒絶された。利用されただけだな」

「われらは、軍勢に付かなくとも、よろしゅうございますな」

「ほかに、考えられることは？」

「万里小路藤房《までのこうじふじふさ》卿《きよう》が、姿を消しております」

「捨てておけ。なにもできはしまい」

「ならば、われらは殿のもとにおります」

「うむ」

尊氏は、唸るような声を発して、板敷に大の字に倒れた。天井を見つめる。いま、自分がなすべきことはなんなのか、と考え続けた。幕府を開くことなのか。そのために、なにをやればいいのか。

帝の諱《いみな》である尊治《たかはる》の尊の字を与えられ、高氏を尊氏と改めた時のことを、思い出した。帝に代って武士をまとめよ、と命じられたと思ったものだ。それ以外に自分の仕事はないと考えたから、朝廷の重職から自分がはずされていても、不満は覚えなかった。しかし武士の沙汰まで帝がはじめ、それに不満を持った武士たちは、こぞって尊氏のもとに集まりはじめた。

天下への道を、朝廷で開いてくれているようなものだ。自分の前には、確かに天下への道が開けている。

「楠木と赤松だ」

跳ね起き、尊氏は言った。

「あの二人は、なにがあっても味方につけねばならぬ」

しかし、できるのか、という思いがすぐに湧きあがってくる。どうやれば、あの二人を味方につけられるのか。この国を三つに分け、それぞれを三人で取る。尊氏が申し出ることができるのは、その程度のことだった。そして、二人とも、領地への野心はあまりない。

領地を、普通の武士と同じようには考えていない。

なにが、あの二人を決起させ、なにが支えたのか。自分には理解できないなにかが、あの二人の闘いを支え続けたのか。

楠木正成は、千早《ちはや》城での死をいといもしなかったし、信貴山の大塔宮を京へ呼び戻すために、赤松円心はあっさりと恩賞を棒に振った。

「河内、和泉《いずみ》が所領と言いながら、楠木様は税を取り立てるでもなく」

「わかっておる」

「となれば人が集まり、商いなども盛んになります。楠木様は、それを力になさっております」

「名和長年など、もともと商人であったに違いないのに、いまは武士とも公家ともつかぬ生活に溺れておる。朝廷から見れば、楠木は変り者に見えるのであろうな」

「どこか、軽んずるところがある、と赤霧も考えております。つまり、戦で頼りにされているだけであると」

廷臣の動きを探るのが、赤霧の役目だった。口が利けなくても、唇は読める。男女の配下も抱えている。

「楠木は、もっと大らかに生きたいのだな。朝廷の勢力争いなど、もともとどうでもよいことなのだ」

「そうでございましょうか」

楠木と赤松の動静を探るのが、青霧の役目である。

「御新政に対する、深い失望の中に、楠木様はおられると思います。河内、和泉の人々さえ安穏でいられればいいということは、その失望を現わして余りあるのではないでしょうか」

「誰もが、失望している。こんなはずではなかったと、思いはじめている。特に、武士たちはな」

だからといって、楠木正成が武士の思いを自分に賭けるということはしないだろう、と尊氏は思った。もともと、武士であることにこだわってはいない。厄介なのは、朝廷に対するものとは別に、帝に対して熱い思いを抱いている気配があることだ。それは、理屈ではなかった。尊氏自身の心の底にも、似たような思いがないわけではない。

「楠木につけ入るとしたら、この国の民の安穏は、朝廷によっては保たれぬとはっきりわからせることとか」

「それでも」

難しいか、という言葉を尊氏は呑みこんだ。どうしようもない、星というものがある。

楠木正成と自分とは、どちらかが滅ぼすという星のもとにあるのかもしれない。それも理屈ではなく、感じるだけである。

この男をもっと大らかに生かせてやりたい。楠木正成に会うたびに、尊氏はそう思ったものである。自分にはないものを、豊かに持っている。そして楠木にないものを、自分は持っている。

「これが、人の世かな」

呟きに近かった。青霧はなにも答えようとしない。

赤松一族については、次男の貞範が京にとどまっていて、繋がりが消えたわけではなかった。恩賞の沙汰から、この一年余の混乱の中で、貞範はいくらか大人になったようだ。しかし貞範で、円心の意志を測ることはできない。

嫡男の範資《のりすけ》は、尼崎にいて、盛んに物を動かしている。その物の一部は、播磨から運びこまれている気配である。

そして播磨では三男の則祐が、かつての円心のように暴れ回っている。新田義貞の代官は、則祐の動きのすべてが円心の意志だとも知らず、国司の立場を守ろうとしているだけだ。実際は、播磨はすべて円心のものと言ってよかった。円心自身は、京から伴った女性に溺れていると、笑い種《ぐさ》になっている。

「食えぬのう、あの男も」

やはり呟きである。

「赤松円心は、いつでも雄々しく生きていたいのだな。力や権威にへつらうこともなく、おのが心のままに生きようとする。しかし、おのれひとりで生きることはできぬぞ」

「浮羽《うわ》は、盛んに京の情勢を探っております。大塔宮様の件についても、事前に知り得たかもしれません、あの男ならば」

浮羽が知り得たなら、当然円心に伝わっている。なんの動きもしなかったのは、大塔宮を見捨てたというわけではなく、人はそれぞれおのが命運と闘うものだ、という思いがあったからだろう。円心を味方に引き入れられるかどうかは、尊氏自身がおのが命運とどう闘うか、にかかっているということでもある。

「面倒な男が、二人揃ったものだ」

「浮羽に、会われますか？」

「今夜、伽《とぎ》をさせられるか？」

「はい、居所はわかっております」

「黒蛾《くろが》という伜は？」

青霧は答えなかった。浮羽を自分の手の者にしてしまうには、父子ともに取りこまなければならない。下手をすれば、自分の動きは円心に筒抜けになる。

「伽をせよ、と赤松様は私に言われました」

「なに、いつだ？」

「ひと月ほど前でございます。赤松館を探っていたら、赤松様が呼ばれて」

「呼ばれて？」

「私が探っていたことを、すでにお気づきだったようです。天井裏に、声をおかけになりました」

「浮羽を取りこもうとしても無駄だ、と儂に伝えたのであろうな」

「恐らくは」

「食えぬ男だ、まったく」

尊氏はまた寝そべり、天井を仰いだ。

大塔宮が、三千の軍勢で鎌倉に護送されても、尊氏の日々はそれほど変らなかった。相変らず、綸旨《りんじ》は頻発され、それに伴う混乱も大きくなっているが、京でなにかが起きるという気配にまでは達していない。

むしろ、地方でくすぶっている御新政に対する不満が、いつ火を噴くかわからない状態になっていた。

参内するのは、できるかぎり避けた。

帝には、どこか不思議なところがあり、拝謁《はいえつ》していると、その不思議さに包みこまれてしまうのだ。朝廷の中のことは、直義に対処させる方がよかったが、鎌倉から動かすというわけにもいかない。

朝廷の中での大きな変化といえば、新田義貞が、しばしば帝に召し出されるようになったことである。帝の考えは、歴然としていた。大塔宮がいなくなれば、尊氏と対抗しうる存在はほかにいないのである。千種忠顕《ちくさただあき》は、武士の間の信望がない。楠木、名和、結城は、家格が低すぎて、武士が靡《なび》いていかない。尊氏に対抗しうるのは、同じ源氏の棟梁の流れを汲む、新田義貞だけなのだ。

執事の高師直《こうのもろなお》など、新田義貞の重用に神経を尖らせていたが、尊氏は大して気にしていなかった。足利と新田は、家格としては並んでいても、鎌倉幕府での地位は大いに違い、そのころから培ってきた力も、また違う。義貞については、小太郎と呼ばれていたころから尊氏は知っていて、さしたる戦上手とも思っていなかった。騎馬による原野戦にはたけているが、それは坂東《ばんどう》武者に共通のことなのである。

それより、愚かなという思いの方が強かった。新田義貞は武士の棟梁のひとりであり、それを大塔宮に代えなければならないようにしたのは、帝自身だった。大塔宮との対立は、そのまま帝との対立になりかねないが、相手が新田義貞ならば、武士同士の対立というかたちに持っていける。

武士の沙汰をしようとした時、朝廷と対立すれば、逆賊の汚名を着せられかねない。それは、最も避けたいことのひとつだった。武士同士の対立ならば、どういう名分も立つのである。

こういう状態になったのは、帝の短慮である。しかも尊氏はなぜか、そういう帝が嫌いではなく、正面から対立しなくても済むということは、気持をいくらか軽くしたのだった。

建武《けんむ》元年も押しつまったころ、尊氏は十名ほどの供回りを連れて、遠乗りに出かけた。

行先は、尼崎である。

途中から、武士の身なりをした浮羽、黒蛾父子が加わった。青霧は、はじめから供回りの中にいて、赤霧は二十名ほどの配下を連れて、目立たないように警固している。ほかにも、要所要所に、命じてもいないのに警固の軍勢がいた。

尊氏が訪《おとな》ったのは、尼崎の赤松範資の館である。

円心が出迎えた。

「はじめて、儂が正成殿に会ったのも、この館でしてな」

小さな客殿でむかい合うと、円心はそう言った。館そのものは小さく、その割に倉は多くある。なにかの場合には、砦にも使える造りだ、と尊氏は見た。

「尼崎で、商人にでもなるつもりか、円心殿？」

軽い揶揄《やゆ》で、尊氏は返した。

「一介の田舎侍にすぎませんのでな。なにをやろうと、どう果てようと、心のままというところですな」

「円心殿とはじめて会った時、ただの悪党だと言っていたな。播磨では、いま悪党が跳梁しているらしい。懐かしい話ではないか」

「もはや、五十六になり申した。生きすぎたのかもしれませんな」

「それで欲がなくなった、などと申すのではあるまいな、円心殿」

「人は、死ぬまで欲と名の付くものは持ちましょう。無欲など、信じる気にはなれません。なにかの時に、ふっと無欲になっている自分を感じることはありますが、すぐに通り過ぎて行きます。そんなものでしょう」

「いろいろあった。あの戦のあとから、実にさまざまなことがあった。儂も、学んだことが多い」

茶が出された。

この会見は、青霧と浮羽の話合いで実現したものだ。尊氏は円心が京に来ることを望んだが、円心にはその気がなさそうだった。播磨から尼崎へ来るという時に合わせて、尊氏が訪うことになった。執事の高師直は反対で、途中にも無断で警固の軍勢を出したようだ。楠木の領内ということが、師直にはどうしても不安だったらしい。はじめに正成の名を円心が出したのも、警固が多すぎるという意味だったのだろう。

「大塔宮様は、すでに鎌倉ですか？」

「直義の監視下で、なかなかに厳しいことであろうな」

直義が京にいれば、円心との会見も実現しなかったに違いない。尊氏の方から訪うのは筋が違う、と言い出すに決まっていた。

「限界だと思うのだ、そろそろ」

茶に手をのばし、尊氏は言った。

「御新政は、いつ潰えるかわからぬところまで来ている。この一年で起きた、諸国の叛乱を見ても、武士の不満がいかに高まっているかわかる。どこから火を噴くか、いまはまだわからぬが」

「播磨の田舎侍に、なにを言い出される」

「儂も、坂東の田舎侍よ」

「なにを、言いに来られた、尊氏殿？」

「敵に回らないでくれと。味方につかぬまでも、敵には回らないでくれと」

「相変らず、人の心を掻き乱す言葉がお上手だ。時として率直になり、時として激しくなり、そしてしばしば複雑になられる」

「自分のことを、言っているようだぞ、円心殿」

「お互いに、そう見えるということですかな」

円心が笑った。

「正成殿には、機会があれば謝ろう。執事が気を回して、儂を警固するために、一千ほどの軍勢を摂津《せっつ》に入れた」

「気にされますまい。正成殿がその気になれば、たとえ五千の警固がいても、尊氏殿の首は取れます。儂など、供回り五人で、播磨からここまでやってきますぞ」

客殿には、二人しかいなかった。この館の主《あるじ》の範資でさえ遠ざけられている。

「儂は、帝に刃をむけるかもしれぬ。そんな気がして仕方がないのだ。帝に刃をむけたということだけで、正成殿は儂を許すまい」

「本心を吐露されるな、尊氏殿」

「いや、そうしたいのだ。相手が円心殿だからではない。正成殿であっても、儂はそうすると思う。生涯で、本心を吐露できる相手に、何人めぐり合えるのか、としばしば考える」

「帝にも、本心を吐露されましたか？」

「本心を、本心と思ってくださらぬ。それも無理のないことだと、朝廷を見ていて思う」

「人の本心など、どうでもいいと考えておられる、と儂は思いますな。御自身のことだけを考え、すべてを御自身のものにしたいと欲しておられる。大塔宮様の扱いを見ていて、しみじみそう思いました」

やはり、円心の心の底には怒りがある、と尊氏は思った。大塔宮の扱いについては、敵である自分でさえも、腹立ちを禁じ得なかったのだ。

「帝に刃をむける。なまなかの覚悟で、できることではありますまい。儂は、ただそれを拝見いたしましょう。足利尊氏というお方の覚悟が、どれほどのものなのかと」

「厳しいのう、いつもながら」

「儂は、悪党でござってな。そして」

「儂もまた悪党だ」

「そう申されました。はじめてお目にかかった時、確かにそう申されましたが」

「悪党ではないかな？」

「心のままに生きるには、いろいろなものを背負いすぎておられる。儂や正成殿のように名もない武士であったら、また生き方も変りましたろうに」

「同情してくれるのか」

「尊氏殿の苦衷《くちゆう》のすべては、源氏の棟梁として生まれてしまったところから来ている、となんとなくわかって参りました。儂のような悪党には、それは同情に値することです」

同情する、と言われて、腹は立たなかった。恩賞や、朝廷の中の争いに背をむけ、播磨に戻った円心を、羨ましく思ったことも確かにあったのだ。

「円心殿を敵に回したくないと思うのと同じように、正成殿も敵にしたくない。いまの儂の気持を、正成殿に伝えられないだろうか」

「書状でも、認《したた》められるとよい」

「そうだな」

円心は、じっと尊氏を見ていた。見られても、それほどの苦痛はない、と尊氏は思った。嗤《わら》われても、受け流せる。そういう自分は、やはり弱いのだろうか。

「嗤ってくれてもよいぞ」

「なにを言われる。恐ろしい方だ、と思っていたところです。何人もの、足利尊氏が、儂には見える。気弱な尊氏殿。しかし、いざとなれば、正成殿や儂を鋭利な刃物で斬ってしまうような尊氏殿。また時には思慮深く、時には忍耐強く、時には火の玉ともなる。ここにいる尊氏殿が、尊氏殿のすべてではない、というところが、恐ろしいのです」

「信じられぬ、ということだな、それは」

「悪党が信じるのは、おのれだけでしょう。それでも悪党は、なにかに賭けたりもいたします。おのが命運までも、賭けたりいたしますぞ」

自分が朝廷と対立した時、円心はどちらに命運を賭けようとするのか。なにが、円心の心を動かすのか。

「会えてよかった」

「儂は、尼崎をたまたま訪れた老人に過ぎません。尊氏殿は遠乗りに来られ、道端の老人にちょっと眼をくれられた。それだけのことでしょう」

自分が無駄なことをしているのかどうか、尊氏にはよくわからなかった。なぜ、尼崎まで来たのか。浮羽を通じても、円心からいい返事が来ていたわけではない。ただ会いたかった。そう思うしかなかった。だから、会えてよかったのである。

「戦の話はよそう。政事の話もだ。いまは敵でもなく味方でもない。ただの男同士よ」

円心が、眼を細めて尊氏を見ていた。男同士と呼べる友が、自分に何人いたのか、と尊氏はふと思った。

僧がひとり捕えられ、庭に引かれてきた。

中山光義《なかやまみつよし》が、低い声で兵の乱暴を制止している。

「館の中を、半刻余りも窺っていたそうです。館を離れてから捕えようと思いましたが、いつまでも離れる気配がなく」

光義が報告にきた。

赤松村の館の庭に、兵の怒声が響いたのは久しぶりのことである。

縁に出、引き据えられた僧の顔を見て、円心は表情を曇らせた。二度、会ったことがある。大塔宮捕縛の何日か前に、朝廷に諫奏文を出して行方を断った、万里小路藤房であった。

諫奏文には、赤松円心に対する恩賞が不当に低すぎる、という一項もあったという。

円心は兵を退らせ、藤房と光義だけを居室に入れた。円心に藤房を引き合わせたのは、大塔宮である。父である万里小路宣房《のぶふさ》は、いまでも朝廷の重鎮だった。

「兵を挙げていただけませんか。円心殿」

近況をちょっと語っただけで、藤房はいきなり言った。行方を断った後は、兵を募るため諸国を渡り歩いていたのだという。

「なんのために、誰に対して兵を挙げますのか？」

光義が言った。

「朝廷のために、足利尊氏を討つのでござる。足利を討てば、鎌倉に幽閉の身であられる大塔宮を、救い出すこともできます。大塔宮こそが、この国の将来を背負っている、と私は思っているのです」

「足利を討てば、次は新田。新田を討てば、また新たな武士が力を持って出てくる。際限のない戦を、万里小路様は望んでおられますか」

「この国を、真に帝の国とするためには、武士はなくなればよいのです」

「難しいことを申されます。この国で最も力を持っているのは武士。その武士を、力で除くと申されますか」

「それが、できかかっていた。帝さえしっかりしておられたら、足利尊氏にこれほどの力を持たせることはなかった」

「もともと足利には、力がありました」

「大塔宮は」

「大塔宮様のことを訊いてはおりません。いかなる性根で、赤松円心に兵を挙げよと言われるのです。討幕のために、長く苦しい戦をし、その恩賞が播磨守護。しかも、国司を上に仰いだ守護です。朝廷のなされようが、公平とは思えません」

喋っているのは光義で、円心はただ黙って聞いていた。同じやり取りが、二人の間で何度かくり返された。

「藤房殿」

静かに、円心は言った。二人が口を噤んだ。

「大塔宮様が捕縛されることを知って、藤房殿は、京を逃れられましたな。ともに捕縛される、と思われたからだ。大塔宮様は、足利討伐のための兵を挙げようとしておられたのですな」

「それは」

「帝の皇子たるお方を捕縛するには、それなりの理由が必要でありましょう」

「帝は、大塔宮の捕縛で、わが身を護られたのだ、と私は思っております」

万里小路宣房なら、すべてを知り得ただろう。それで息子の藤房を、あらかじめ逃がした。そう考えると、藤房の失踪も理由が見えてくる。

挙兵の計画は、帝と大塔宮のものだったのか。少なくとも、帝はそれをある時期まではとになる。

黙認していた。発覚することを恐れた時、毀れた傀儡《くぐつ》のように、大塔宮を捨てたというこ
「挙兵の計画の中心には、この赤松円心が置かれていたのかな。あの戦を闘って、恩賞に不満を持つ者といえば、それがしだけと思われるでありましょうからな。楠木殿は、大塔宮様と同じほどに、帝にも近かった。赤松円心ならば、どうなっても構わぬと思われたのであろう。それが、守護職の召しあげでもあったわけですな」

「待たれよ、赤松殿」

「いま、それがしは佐用庄の地頭にすぎません。地頭の集められる軍勢は、せいぜい百。これで、どうやって挙兵をいたしますのか」

「苔縄《こけなわ》で、円心殿は討幕の兵を挙げられた」

「あの時は、六波羅探題が播磨を治めておりました。いまの国司は、新田義貞殿だ。新田殿を動かされてはどうなのです」

　呻くような声をあげ、藤房がうつむいた。

　権謀だけが渦を巻く朝廷の中で、藤房はまた、違うかたちの権謀家だったのだろう。大塔宮の理想を利用した、と言えなくもない。

「いま足利に対抗できるとしたら、新田しかありますまいな」

「たとえ新田が勝っても、第二の足利になります」

だから武士の世が続く。それを止めようとしたのは、大塔宮だけだった。その理想は、円心の心を打ったが、動かしはしなかった。急ぎ過ぎている。どこから見ても、そうとしか思えなかったのだ。

「藤房殿はお疲れのようだ、光義。休んでいただくとよい。それから、藤房殿が見えられたことを、守護に知らせるようにな。それが、地頭の仕事だ」

「私を、売ると?」

「それがしは、地頭の仕事をしようとしているだけです。大塔宮様を見捨てて逃げた。そういうことを、売ると言います」

藤房が眼を剝いた。円心に摑みかかってくるとも見えた。斬り捨てようと思った円心の気を読んだのか、藤房がうつむいた。

「やはり、挙兵の計画はあったのでございましょう。直前に、帝が掌を返された、ということですな」

藤房を見送った光義が、戻ってきて言った。

「帝のなさりようを見抜けなかった。これは、大塔宮様の敗北と言うしかあるまい」

「それにしても、朝廷というところは」

「そこで足も掬われずに生き抜いている尊氏殿は、やはり強いお方なのだろう」

尊氏が、尼崎の円心を訪ねてきたのは、三ヵ月ほど前だった。やはり、眼がこちらを幻惑するように変化した。気弱なことを言った。それはそれで、尊氏の本音なのだろう。本音がいくつもあるところが、尊氏の非凡さなのである。

「斬りますか、万里小路藤房を。放っておくと、殿の名をどこかで利用しかねません」

「放っておけ」

流れ歩き、誰にも相手にされなくなるのみか、思い出してくれる人間もいない。いずれそうなるだろう、と円心は思った。

「それより、尼崎までの道に、まだ新田の軍勢は現われぬのか、光義？」

「はい。越後《えちご》を大事にしているようで、軍勢の大半はそちらにむけられている、という話です」

播磨からの荷を、街道を使って堂々と尼崎まで運ぶ。それをはじめて、半月になる。山《やま》間《あい》の小径を縫って運ぶのが、難しいほどの量になってきたからだ。荷には穀物だけではなく、水銀まであった。本来なら、国司である新田義貞にそれは入るものである。新田の軍勢は、播磨の中で、則祐や河原弥次郎《かわはらやじろう》が率いる、野伏《のぶせ》りを装った軍勢を、いつまでも追い回しているだけだった。ほんとうに、野伏りが穀物倉を襲っている、と信じているのかもしれない。

新田義貞は、播磨をいきなり与えられたので、武士層を組織する基盤を持たなかった。代官が上から命令をしてくるだけで、武士層の一部を抱きこむこともしていない。

領内を荒し回る野伏りが、多少円心の息がかかっているかもしれないとは疑っていても、円心自身の軍勢とは思っておらず、討伐に兵を出せという命令がしばしば赤松村にも届いた。

「隙がありすぎるな、新田には。その大将を補佐する臣もいないものと見える」

「ただ、騎馬隊は勇猛ですぞ。原野戦になれば押されるので、山を利用すると則祐殿も言っておられます」

「則祐も、すっかり野伏りが身についたようだな」

「大塔宮様の捕縛の報に接しても、落ち着いておられました。戦をしながら、時の流れも見るということが、できるようになられたのでありましょう」

自分の口を養うために闘ってきたのでも、領地のために闘ってきたのでもない。大塔宮のもとで、理想のために闘おうとした歳月は、無駄ではなかったのだ。朝廷の動きを見、時の流れを読む眼は、いつの間にか養われていたに違いなかった。

赤松村に、もうひとり僧が訪れてきたのは、すっかり春めいたころだった。

光義が、則祐も弥次郎も佐用範家《さよのりいえ》も館に呼んだ。

円心が広間に入っていくと、僧侶姿となった小寺《こでら》頼季が平伏した。京七条にある貞範の屋敷から逃れて、すでに半年が過ぎている。やつれ果てていた。

「長い旅をしてきたようだな、頼季」

「お館にお詫びに参りました。信貴山にて、大塔宮様に征夷大将軍をお望みになるようにお勧めしたのは、この頼季でございます。言おうにも、言い出せずにおりました」

なぜ、征夷大将軍を望むのを止めなかったのかと、頼季を叱ったことを、円心は思い出した。それをずっと気にし続けていたのか。

あの時、大塔宮が征夷大将軍を望まなかったとしても、破綻は別のところで必ず起きた。信貴山に円心が出迎えに行かなければ、という言い方もできるのだ。

「最後は、大塔宮様がお決めになったことであろう。もう気にいたすな」

「いまの大塔宮様の状態は、すべてあの征夷大将軍からはじまっています」

「たとえそうだとしても、それも時の流れのひとつに過ぎなかったのだ」

頼季は、床に手をついたまま涙を落としていた。大塔宮は、自分の闘いに敗れた。それをいま、頼季に言っても無駄なようだ。

「兄上の屋敷を出てから、どこへ行っていたのだ、頼季殿？」

久しぶりに直垂《ひたたれ》姿になった、則祐が身を乗り出して言った。

「大塔村へ」

「なるほど。かもしれぬ、と考えてはいたのだが」

「大塔村を出たのが、ふた月前。麻雨《あさめ》に誘い出され、山中に残された。それから、どう山中を進んでも、大塔村へは行けぬ」

「しかし、そんな」

「そうなのだ。ふた月かけて、儂は行きつけなかった。再び大塔村へ戻ろうとしても無駄だ、と麻雨に言われたが、まことだった」

「儂は、大塔村への道のひとつひとつを、いまでも思い描くことができるぞ」

「駄目なのだ、それでも。道はすべてほかのところへ行ってしまい、大塔村への道はなくなってしまっている」

「そんなことが、あるのか?」

「山の民の恐ろしさが、はじめて身にしみた。山の民は、再びひっそりと山の中に消えてしまったのだ」

「消えて、どうしようというのだ?」

「山の民は、皇統の血を、大塔宮様の血を受けた。朋子《ともこ》様が、貴子《たかこ》様を育てておられる。

その血を、今後大事に守り続けていくのであろう。恐らく、何代にもわたって、ひそやかにな」

「そういうものか」

「妙《たえ》殿も、朋子様とともにおられる。儂は、大塔宮様を救い出すには、山の民の力を借りるしかない、と思った。麻雨は迷っていた。ただ、場所が鎌倉なのだ。それが麻雨をためらわせたのだろう。関東《かんとう》に、山の民はおらぬ。族長たちの談合で、山を閉ざすことに決めたようだ。なんとかもう一度と思ったが、もはや大塔村への道はわからん」

　二人のやり取りを、円心は興味深く聞いていた。大塔宮の、長く苦しい討幕の戦を、かげで支えたのが山の民であることは、円心にもわかっていた。畿内《きない》だけで、軍勢として使える者が、二、三万に達するという。全国では、十万を超えるのかもしれない。

　武士以外の、朝廷独自の軍勢を作るという大塔宮の構想の基盤に、山の民がいたのだ。それが再び山に入ってしまったというなら、武士の世がまだ続くと判断した結果だろう。

「お館」

　頼季が、円心にむき直って言った。

「この頼季の力が及ばず、このようなことになり申した。お館が腹を切れと言われるなら、腹を切ります」

「血迷うな、頼季」

大塔宮と山の民の関係を熟知していたがゆえに、尊氏は大塔宮を鎌倉へ送ったのかもしれない。尊氏にとっては、まったく無傷の勝利だった。しかも山の民を再び山に封じこめたのなら、恐るべき洞察力と言うほかはなかった。

「もともと、おまえは赤松の家人だ。儂の麾下《きか》に戻ればよい」

「それは」

「世が、治まったとは思えぬ。これからまた、戦になるであろう。儂は、どこの誰につくとも決めておらぬ。せいぜい、悪党らしく生きてやろうと思っているだけよ。おまえと儂も、昔、悪党として出会った。あのころを、思い出してみぬか」

頼季の落ちくぼんだ眼の奥に、決死の光があった。死なせるのは惜しい、という思いに円心は駆られたのだった。

「いましばし」

頼季が平伏した。

「いましばしの、流浪が望みでございます。いずれお館のもとに戻りたい。それは夢として、いつも心に抱いておきます」

ひとりで鎌倉へ行くつもりだろう、と円心は思った。男がこうやって決意したものを、覆せるのは死だけである。

尊氏、直義の兄弟は、甘くはない。捕えれば、生かしておくことはしないだろう。

悪党が、人に殉ずるのか、と言いかけた言葉を、円心は呑みこんだ。頼季は、すでに悪党ではない。赤心を抱いた、大塔宮の臣と言っていい。

「信貴山を降りられてより、大塔宮様の周囲から人が次第にいなくなった。しかし、大塔宮様は見事と言っていい。おまえのような臣を持たれているのだ」

頼季は、平伏したままだった。

## 4

六月に、京の貞範から早馬の知らせが入った。権大納言西園寺公宗《さいおんじきんむね》が、数名の廷臣と謀り、朝廷を覆そうとしていた陰謀が発覚したというのである。

帝に対する、公然たる叛乱が計画されたのである。しかも、各地に残る北条《ほうじょう》の残党や不満を抱く武士と結びついてのものだという。朝廷にも地方にも、公家にも武士にも、帝に対する不満が抑えきれないほどに高まっている、ということがはっきり感じられる事件だった。

七月に入るとすぐに、貞範自身が、数名の供回りだけで赤松村に駈けてきた。供回りの中に、武者姿の青霧がいるのを、円心は認めた。

「おまえを預けよ、と尊氏殿は言われるのか？」

「それでは、人質でございます。それがしは、しばし足利軍に入ってくれるよう、尊氏殿に頼まれただけです」

「もともと、赤松は播磨佐用庄の一地頭に過ぎぬ。京に屋敷を持つのさえ、おかしなことなのだ。それが、なぜ足利軍に加わらねばならぬ。まあ、建前を述べれば、そういうことになる」

言って、円心は貞範の後ろに控えている青霧に眼をやった。広間にいるのは、ほかに則祐と光義だけである。

「尊氏殿の申されていることを聞こうか、青霧」

「北条高時《たかとき》の遺児にて、相模次郎時行《さがみじろうときゆき》という者が、信濃《しなの》におります。信濃はかつての北条の領国。大兵が集まりましょう。その軍勢は、京ではなく鎌倉へむかうはず」

「ほう、そこまで」

「それ以上は、申しあげることはございません。赤松貞範様に、足利軍に加わっていただきたい、という望みが足利尊氏にあるだけでございます」

「それは、鎌倉の足利軍か、それとも」

「足利尊氏の軍勢でございます」

北条時行なる者が鎌倉にむかったとしても、直義がいる。そこで直義が北条時行を討ち果してしまえば、数多く起きている地方の叛乱のひとつでしかない。

しかし尊氏は、自分の麾下に貞範を入れたいと言っているのだ。

尊氏が動こうとしている。円心には、それがはっきりわかった。つまり、鎌倉は北条時行に落とされるのだ。その時はじめて、尊氏が軍勢を率いて東下することが可能になる。直義は、はじめから負ける気だろう。そして尊氏が鎌倉へ東下する理由を作る。そこまでは、はっきりと読めた。それから先がどうなるかは、誰が時の流れを作るかということにある。

ここまで打ち明けて、尊氏は円心になにかを賭けようとしている。

時として、受けとめきれぬほど大きい。円心がまず思ったのは、それだった。また、新しい尊氏を見せられたのだ。

「貞範は、どう思う」

「父上の判断に従おうと思います」

「ほう、勇み立っていると思ったが」

「あの戦のあと、いろいろなものを見過ぎました。ただの荒武者では、時の流れを乗りきれぬことだけは、よくわかります」

「則祐は？」

「足利殿が、たってそれを望まれるのなら、応じるべきでありましょう」

これも、意外な答だった。

「尊氏殿は、大塔宮様が敵とされたお方ぞ」

「大塔宮様がおられれば、こういうことにはなっておりますまい」

大塔宮が、すでに死んだも同じだ、と言っているようなものだった。そしてそれは、間違いのないことでもある。

「よし、貞範は、尊氏殿の麾下に加えていただけばよい」

青霧が、まず平伏した。

「これだけのことを申せば、赤松様はおわかりになる、と足利尊氏は申しておりましたが、私は不安でありました」

「尊氏殿に、ひとつだけ申しあげてくれ。この赤松円心は、悪党であるとな。悪党にとっては、親も子もない。悪党の子は悪党の子で、思いのままに生きる。貞範は尊氏殿に魅かれているようだ。心の底では、行きたがっておる。だから、行かせるのだ。この赤松円心と貞範は、違うのだ」

「間違いなく、申し伝えます」

「敵として戦場で会うかもしれぬぞ、貞範。その覚悟はしておけ」

「わかっております」

貞範の顔には、喜びは見えなかった。緊張があるだけである。

「みな、成長するものだのう、光義」

二人きりになった時、円心は言った。

「あの戦のあと、それぞれが思いを抱いて生きてきました。殿も、女色に溺れながらも、頭だけは働かせておられました」

「いまもまだ、溺れているように見えるか？」

「はい」

「本気で溺れようとも、何度かしてみた。そして、ひとつだけわかったことがある。男は、女性になにかを賭けることはできぬ。この歳になって、わかることでもないが」

「貞範様を、足利軍に加えておくのは、よいと思います。それがしは」

「頼季がいたら、揉めたであろうが」

光義は、政事は武士がやればいい、と考えていた。朝廷は、力のある武士に政事をやらせるという、権威だけ持っていればいい。その光義の考えは、まったく変っていない。

「儂は悪党だぞ、光義」

「改めて、言われることでもありません。足利尊氏様も、重々承知の上でございましょう」

尊氏の器量を、またここでも見ることができるということになった。新田とか千種とかも、絡んでくるかもしれない。そちらの方の器量も、また見ることができる。

女子に溺れてはおれぬな。ひとりになると、円心は苦笑して呟いた。時の流れが、また自分の血を騒がせはじめている。

北条時行叛乱の報は、それからしばらくして入った。信濃で集まった大兵は、速やかに進撃し、武蔵《むさし》に入り、足利軍を打ち破りはじめた。

「見事なものだ」

北条時行のことではなく、尊氏のことを円心は言い、光義も頷いた。北条時行すら、乗せられて叛乱に走ったことも考えられる。

鎌倉に迫るのに、それほど時はかからなかった。総大将の直義が出陣したが、またも破られ、鎌倉は北条の手に落ちた。

鎌倉から京まで、早馬で三日である。それからさらに一日遅れで、播磨の円心のもとにも逐一情勢が伝わってきた。

「足利殿も、いよいよ本音を吐かれはじめましたな」

円心の居室にやってきて、則祐が言った。

北条討伐に東下するにあたって、征夷大将軍への任命を求めたのである。朝廷に対して叛乱を起こした逆賊討伐に、征夷大将軍が赴くというのは、理屈は立っていた。同時に尊氏は、征夷大将軍を望むことによって、名実ともに武士の頂点に立たんとする意志を、武士たちにも示したのだった。

ほんとうの争いは、朝廷で行われているのだ。帝は、直義とともに逃走中の成良《なりよし》親王に征夷大将軍を与え、討伐の東下にさえも勅許を出さなかったのである。

朝廷に対して叛乱を起こした逆賊を、討たなくてもいい、と言ったことになる。同時に、領国の叛乱を、領主が鎮圧する必要もない、とも言ったことになる。これで、名分は大きく、尊氏の方に傾くことになった。

「愚かなことをされるものです。朝廷への叛乱を見過していいということは、おのが手でおのが首を絞めているようなものではございませんか。帝はただ、足利軍の東下だけを止めようとされている。目先のことしか見ておられない、と儂は思います」

「それが、いまの政事というものらしいな」

「大塔宮様がおられたら、と思います。征夷大将軍として、朝廷の軍勢を率いて鎮圧にむかう。本来あるべき、そういうかたちをとれましたろうに」

大塔宮がいれば、確かに展開は変った。はじめから展開が変るので、北条の叛乱なども、起きなかったかもしれない。大塔宮と尊氏との間で、大きな戦が行われる、ということになっただろう。しかし巧みに、尊氏はそれを避けたのだ。

貞範から急使が入り、足利軍が勅許を得ないまま進発することが知らされた。領国の叛乱を黙視できず、と尊氏は名分を掲げているらしい。

ここが朝廷の勝負どころだろう、と円心は思った。勅許を得ずに軍勢を出したのは、叛乱とも見なしうる。ここで足利討伐の兵を起こし、東下する足利軍を追撃できるかどうか。足利を潰したいのなら、関東の叛乱も放置し、腰を据えて追撃を開始すべきである。関東には北条がいて、足利は東海道で腹背に敵を受けることになる。

しかし、朝廷の腰はすぐに砕けた。

東下する尊氏の行動を追認する勅許を与え、あまつさえ征東将軍に任じたのである。権威で相手を屈服させようとし、それができなければすぐに抱きこもうとする、いままでのやり方と同じだった。そのやり方で、誰が傷つき、誰が倒れようと、帝にはなんの関心もないらしい。大塔宮も、そのやり方のあおりで、倒れたひとりだった。

自分の出番がどこにあるのか、と円心は考えはじめていた。天下が大きく動こうとしている。その方向を、おのがこの手でいくらかでも変えることができないか。

もとより、天下を狙おうという気が、円心にあるわけではない。天下を狙うためには、もともと持っていたものが、小さ過ぎた。しかし、自分ひとりの存在が、天下を決する。そういう立場に立つことはできるはずだ。夢といえば、それが円心の夢と言ってもいいものだった。

遠江《とおとうみ》で、足利軍が北条軍とぶつかりはじめた、という知らせが入った。

それからは、連日足利軍の戦捷の知らせばかりだった。直義が鎌倉を放棄した時とは、見違えるような足利軍の強さである。八月十九日には、尊氏は鎌倉を奪回していた。

北条が鎌倉を占拠していたのは、わずか二十数日に過ぎない。

もうひとつ、知らせが入った。

大塔宮の死である。

鎌倉を落ちる時に、直義が斬らせたのだという。北条が大塔宮を奉じてということになれば、面倒になると直義は判断したのだろう。兄尊氏にも知らせず、独断での処置だったと思えた。尊氏には、皇室への気おくれにも似たようなものがあり、直義には怜悧な判断だけがある。

「そうか、亡くなられましたか」

知らせを聞いた時、則祐は涙を浮かべてうつむいた。時の流れの中で、政争の犠牲になった、と則祐はしっかりと判断していた。

大塔宮の死の知らせが、自分の心に小さな穴をあけていることに、円心は数日経って気づいた。

心を洗う。大塔宮の存在は、自分にとっては確かにそういうものだった。高貴な育ちをしたゆえに、わがままなところもあり、気の短いところもあった。それでも、一片の私心さえなく、この国のこれからについて考え続けていたことも、確かなのだ。理想などという、悪党にはおよそ似つかわしくないものが、人の心をどう変えるのかも、円心は知ったような気がしていた。

「結局、儂はなんのお役にも立たなかった、ということかな」

「それが人、でございましょう、殿。恩賞を棒に振ってまで、殿は信貴山に出迎えに行かれた。あの思いを、大塔宮様はよくおわかりだったはずです」

若い光義が、老人のような口調で円心を諭した。

大塔宮の死は、朝廷にも大きな衝撃を与えたようだった。しばらくは大塔宮を足利に預け、必要になったらなにか理由をつけて取り戻し、また利用すればいい。帝と、その周囲の廷臣たちは、そう考えていたのかもしれない。いままでのやり方を思うと、充分にあり得ることだった。

大塔宮の死で、足利は本気でやるつもりだと、ようやく気づいたようだ。朝廷の動きが慌しくなっていた。足利討伐が、くり返し論議されているようだった。

ある夜、円心は浮羽を呼んだ。

「足利への討伐軍は、間もなく組織されるであろう。時はまた、討幕の戦のころと同じような速さで流れはじめた」

「殿がまた、立たれる機でもあります」

「どう流れるか読めぬが、悪党らしく乗り切ってみせよう」

「あの戦のあと、播磨でじっと待たれていたことは、間違いではなかったと思います」

「それでだ、浮羽」

「はい」

「儂は楠木正成と会いたい」

「それは、私には」

「おまえが、楠木を避け続けていることは、よくわかっている。そろそろ儂は、その理由も知っておきたいと思うようになった。ここしばらく、播磨で力をつけることに専念したせいで、貞範に千五百の兵をつけて関東にやっても、まだ四千の兵力がある。楠木正成も、その気になれば、河内、和泉の兵力を糾合できるであろう。ともに、昔ほど小さくはないのだ」

「殿が会いたいと言われれば、楠木が断るとも思えませんが」

「正成殿と、二人だけで会いたいのだ。しかも、その機を、おまえに作って貰いたい」

「酷なお申しつけでございます、それは」

「わかっていて、言っている」

浮羽がうつむき、考えるような表情をした。この男が、表情を動かすのはめずらしいことだった。

「黒蛾なら、儂が命じればやるだろう。あえて、おまえに頼んでいる。大きな戦の前には、臣下のもののことを、よく知っておきたいと思うものよ」

「臣下、でございますか?」

「そうだ。そしておまえは、儂の裏の裏まで見てきもした」

浮羽が、板敷に両手をついた。

「よいな、命じたぞ」

浮羽は顔をあげず、返事もしなかった。

# 第十章　旗なき者

## *1*

帰京の勅命《ちょくめい》に、足利尊氏《あしかがたかうじ》は従おうとしなかった。

朝廷での論議がさらに激しくなった時、新田《にった》討伐の兵を尊氏が挙げた、という知らせが飛びこんできた。

「巧妙なものだな」

円心《えんしん》は、知らせを取り次いだ中山光義《なかやまみつよし》に言った。

「どういうことなのでしょうか。まさか足利殿とて、朝廷討伐という旗は挙げられないのはわかりますが」

「誘いだ。足利は勅命に逆らった。当然、討伐軍が出される。すると足利と朝廷との争いということになる」

「ならば、新田義貞《よしさだ》討伐というのは」

「新田が討伐軍の大将にならざるを得ぬ。それを見越してのことであろう。朝廷がそれに乗って、新田を大将とする討伐軍を出せば、これは新田と足利の争い、と全国の武士は見るであろう」

「なるほど。朝廷との争いを、武士同士の争いにすり替えるわけですか」

朝廷が、帝《みかど》自身か、帝に代るべき誰かを大将に立て、その下に新田、名和《なわ》、結城《ゆうき》、楠木《くすのき》と並べれば、尊氏は追いつめられることになる。そういう姿も見てみたいものだと円心は思ったが、まずあり得なかった。それが献策できるのは、正成《まさしげ》だけだろう。たとえ正成が献策したところで、軽侮とともに退けられるだけだ。

新田と足利の争いということになったら、尊氏が勝つだろう。鎌倉《かまくら》攻めの折にまだ幼い嫡男を加えさせたことといい、新田義貞とは周到さが違った。

しかし、尊氏にも、危惧はある。陸奥《むつ》に北畠《きたばたけ》がいるのだ。陸奥のことで、細かなことはあまり入ってこないが、北畠顕家《あきいえ》が陸奥守として下向してから、陸奥の叛乱は起きなくなっている。北畠に、西上する尊氏を追撃するだけの力があるかどうか。

「仮に、大塔宮《おおとうのみや》様が御存命であれば」

光義が言った。当然、大塔宮が総大将として東下するだろう。しかし、大塔宮が生きて朝廷で力を持っていれば、あるいは余力を残して叡山《えいざん》で出家していれば、こういうことは起きていないはずだ。

「光義、則祐《そくゆう》に一千の兵をつけて、待機させておけ」

「戦《いくさ》が、この地に及んでくると？」

「わからぬが、儂《わし》は儂の備えをしよう」

「殿の備えでございますか」

一千を、どこに配置しようとも、円心はまだ決めていなかった。予感だけがある。もう一度、大きな戦ができるという予感だ。

思った通り、朝廷は新田義貞に綸旨《りんじ》を与えて、足利討伐の総大将とした。名和も結城も楠木もついていない。

円心が則祐を呼んだのは、新田が京を進発した翌日だった。

「われらは、六波羅探題《ろくはらたんだい》と闘うために、苔縄《こけなわ》に兵を挙げ、摂津摩耶《せっつまや》山へ進んだ。遠い昔のことであったという気がするほど、それからいろいろとあったが」

「はい」

「もう一度、儂は自分の戦をしようと思う」

則祐の表情が、緊張したものになった。

「おまえは一千を率いて、摂津《せっつ》へ行け。深く入ることはない。摂津に足がかりがひとつあれば、京でなにがあろうと応じられる」

「摩耶山でございますか？」

「山はよそう。湊川《みなとがわ》に拠れ」

「なるほど。それならば楠木殿とは遠い。赤松《あかまつ》村と京を結ぶにも、いい場所です」

「尼崎《あまがさき》の範資《のりすけ》は、そのままにしておく」

「わかりました。それで、いつ？」

「即刻発つがよい。おまえが湊川に拠っていれば、範資との間の道を断たれることもない」

一礼して、則祐が出ていった。

佐用《さよう》郡全域が、にわかに緊張に包まれた。どちらに付くとも言わず、円心はただ兵を動かしはじめたのだ。播磨《はりま》に残った新田の代官の手勢は百ばかりで、どうしていいかもわからないようだった。

二千五百を率いた河原弥次郎《かわはらやじろう》も、船越《ふなこし》と佐用の二手に兵を分け、いつでも動けるように備えた。西播磨一帯に、無気味な静けさが漂いはじめた。

「則祐様のもとに、摂津の武士が五百、六百と集まりはじめているようですが」

「勝手に集まらせておけばよい。もう、野伏《のぶせ》りや溢者《あぶれもの》を集めて戦をやる時代ではない。赤松軍だけで湊川の城を守るよう、則祐には伝えよ」

西播磨では、去就の定かでない武士の動きはほとんどなかった。この一年で、則祐と弥次郎が、これはと思う者たちは赤松軍に取りこんだのだ。

円心が赤松村を出たのは、十二月のはじめだった。まだ、足利、新田の両軍は衝突していない。

円心はまず、湊川の城へ入った。則祐は一千の兵をうまく使い、しっかりと城を固めていた。出ようと思えば、出撃できる。城に拠って闘おうと思えば、そうもできる。

「いい構えだ、則祐」

「はい。これで敵が見えれば、兵たちの士気もあがるのですが」

「儂にはまだ、戦全体の流れが見えぬ。流れに乗るということなどは考えてはおらぬが、儂の手でその流れが変えられる機があるはずだ。それはまだ、先であろうな」

「父上が、自らの手で流れを変えてみせる、と言われるのですね」

「できるかどうかもわからぬことを、考えていると思うか？」

「倒幕の戦の流れを、父上は何度も変えられました。挙兵された時、単独で京を攻められた時、そして足利殿が六波羅を攻める決心をされるきっかけも、父上が作られたと思っております。なにかのたびに、父上は流れを変えてこられました」

「たまたまそうなった。つまり、運がよかったということだろう」

「京を睨みながら、運だけで何ヵ月も耐えていられるとは思いません。父上は、時の流れの中に赤松という名を刻みこもうとしておられた、とそれがしは感じました」

「赤松という名か」

則祐ならば、そう感じるのかもしれない。強いて言うなら、円心が刻みこみたかったのは、自分という存在そのものだ。生きていたという証しのようなものだ。

則祐はやはり、赤松という名を刻みこもうとしているのか。範資や貞範《さだのり》もそうなのか。

湊川の城からは、遠く海も見えた。それは陽の光を照り返してきらめき、別のもののようにも思えた。

新田軍と足利軍がぶつかりはじめたという知らせが入った時、円心は尼崎の範資の館にいた。範資にもまた、自分の判断で行動してよいと申し伝えてある。円心の動きを見るのが自分の判断だ、と範資は答えた。

両軍のぶつかり合いは、新田勢が圧倒していた。ただし、足利軍の大将は直義《ただよし》で、尊氏が出てきているという気配はない。

どこか、円心には読みきれぬところが、尊氏にはあった。なぜ、全軍を率いて決戦に臨もうとしないのか。ほとんど、気紛れで弟を戦に出している、としか円心には思えなかった。ただ尊氏の場合、気紛れの裏に思いがけない意図が隠されていることもある。

冬の気配が強くなった摂津の野を、円心が三里ばかり歩いた時は、新田戦捷《せんしよう》の報が次々に東からもたらされていた。

供からは光義もはずし、浮羽《うわ》と黒蛾《くろが》だけである。

枯れた野を行く三人の姿は、遠い戦とはなんの縁もない、のどかな旅人と見えたかもしれない。それほど急いでもいなかった。

やがて江口《えぐち》に達した。淀《よど》川と神崎《かんざき》川の分岐である。

武士がひとり、焚火を前に腰を降ろしていた。串に刺した川魚が、何本か立ててある。

「この冬の日に、火とはありがたい」

円心は言い、武士にむかって一礼した。武士も礼を返す。楠木正成である。

「久しいのう、正成殿」

瓢《ふくべ》の酒を差し出しながら、円心が言った。頷き、正成は瓢に口をつけた。

「やはり、古鬼子《こきのこ》であったのか」

河原に平伏した浮羽に、正成は眼をくれて言った。

「御前に出られる身でないことは、承知しております」

「死にに来たか？」

「できれば、楠木様の手にて」

「伊賀《いが》の小者を斬る太刀を、儂は持たん。儂の女を攫《さら》って消えた、小者を斬る太刀などな。昔、伊賀の悪党に古鬼子と呼ばれる者がいた。覚舜《かくしゅん》という黒田庄《くろだのしょう》の悪党の妹と儂が媾合《まぐわ》うのを見て、嫉《そね》み、女を攫って逃げた。そんなことがあった、といまは思うだけだ」

自分に聞かせていることかもしれない、と円心は思った。正成は、じっと火を見つめている。時々、枯枝がはぜ、そのたびに炎が大きく燃えあがった。

「お言葉なれど、己弥《きみ》とそれがしは」

「言うな。己弥は、覚舜から儂が貰ったものだ。古鬼子は、その己弥を儂から奪った」

「はい」

「その時儂は、はじめておのが過《あやま》ちに気づいた。人の心を踏みにじるようなことをした、と思った。これだけ言えば、充分であろう。もう思い出したくはない」

伊賀の悪党と、河内《かわち》の楠木正成とが繫《つな》がっていても、なんの不思議もなかった。楠木は畿内《きない》の街道を押さえていて、伊賀の悪党も街道を使わざるを得なかっただろうからだ。むしろ、進んで両者が結びついたことも考えられる。

「あの古鬼子が、赤松円心殿のもとにいたとはな」

円心は答えず、瓢の酒を呷《あお》った。伊賀にはまだ悪党がいて、足利にも朝廷にもついていない。ただ、正成の手勢の中には、伊賀の悪党がかなりの数混じっている、とは想像できた。

「その若者は？」

「黒蛾と申します」

「古鬼子、おまえの倅か？」

「十八歳になります」

正成の表情が、はっきりと動いた。黒蛾を、食い入るように見つめている。

「赤松円心様の臣下となっております」

「そうか。円心殿の」

黒蛾は、平伏したままだった。正成が、軽く息を吐くのが聞えた。

「食するがよい、黒蛾。儂がこの川で獲った魚だ」

串に刺した魚を一本とり、正成は黒蛾の方に差し出した。戸惑った黒蛾が、浮羽に促されて進み出、魚を受け取った。正成は円心にもひとつ差し出した。

なにも言わず、円心は魚に口をつけた。かすかな香ばしさが漂ってくる。思いついたように正成はさらに二本とり、浮羽にも差し出した。

しばらくは、無言で魚を食っていた。

はじめに、火の中に骨を放り込んだのは正成だった。円心もそうした。

「骨は火の中だ、黒蛾。そうすれば、土に帰る」

「はい」

黒蛾が、はじめて出した声だった。炎の中に魚の頭が四つ転がっているのが見える。正成は、黒蛾になにか言おうとし、途中で言葉を呑みこんだようだった。

「二人とも、もうよい。帰りに使っていただくつもりで、あちらの葦の中に小舟が用意してある。そこで待て」

正成が言うと、二人は平伏して立ち去った。

円心は、小枝をいくつか折り、火の中に放りこんだ。魚の頭は、もう見えなくなっている。

「わかりましたか、円心殿」

「なんとなく」

黒蛾は正成の子なのだろう、と円心は思った。確かめはしなかった。

「浮羽が、なぜか正成殿を避ける。それで、正成殿に会えるようにせよ、と命じてしまったのです。もっと別のことを、儂は考えていた」

「円心殿の臣下か。いい主を選んだ、と思います」

円心は、ただ軽く頭を下げた。

風が、炎を揺らしていた。河原に、人の姿は見えない。正成なら、ここまでひとりで来たことも考えられた。

「大塔宮は、亡くなられた」

呟くように、正成が言った。

「なにもできなかった自分を、儂は恥じています、円心殿」

「それは、同じだ。亡くなられてから、儂もそう思うようになった」

「京ではみな、自分が死ぬことだけを怕《こわ》がっている」

「よく、京を離れられましたな、正成殿は」

「敵はいま、関東《かんとう》です。帝は、そう思っておられるのでしょう」

「ほかにも、敵がいるような言い方だ」

「帝の、御心の中にも。そしてそれを、気づいてはおられません」

「むなしいな、正成殿」

「生きることはむなしいのだ、と儂はよく考えるようになりました。帝には、多くのものを与えられた。それをお返しせずに、死ぬことはできぬ」

　あくまで、朝廷の側で闘う、と正成は言っているようだった。

「それでも、むなしいのですか？」

「なぜだろう、と思います。いやしい身分のこの儂が、朝廷の要職に就いている。頼みは正成だと、帝も言われる。粉骨砕身して然るべきでありながら、なぜかむなしさばかりが儂を包みます」

「われらは悪党ぞ、正成殿」

「そうでしたな」

「そうか、朝廷とは、悪党を悪党ではなくしてしまうところか」

「まさしく」

「心のままに生きたい。儂はいまでもそう思う。おのがために生きたい。むなしさはある。むなしさがあるのも、生きている証しだと思うことにしている」

「儂より、若いな、円心殿は」

「正成殿とは、次は戦場で会うのだろうか？」

　正成は、答えようとしなかった。

　円心は、集められた小枝を折っては、火の中に放りこんだ。ぱちぱちという音があがり、炎が大きくなってきた。それでも、円心は小枝をくべ続けた。

「薪を足せば、火は大きくなる」

「それでも、燃え尽きる時はあると思う」

「惜しいな、楠木正成ほどの男が」

「おのが燃え尽きる時を、儂は見逃したくないのだ。思うさま生きてきた。二十年来気にかかっていたことも、消えた。儂は、名を残そうと思う。それだけでよいのだ」

正成には、死の匂いがあるだけだった。ただ、それは静かに漂う匂いではない。なにかを巻きこんでいく匂いだ。

「新田の戦捷が伝えられている」

「円心殿は、新田が勝つとは思われてはいまい」

「いまは、勝っている。戦には、勢いというものもある。新田が勝とうが、足利が勝とうが、儂は構わん。ひとつだけ言えるのは、この赤松円心は、決して負けぬということだ」

正成が、円心を見て笑った。

はじめて会った時も、正成は笑った、と円心は思った。顔半分が髭で、笑うと白い歯が鮮やかだった。この男は、牙を隠している。そう思ったものだ。

正成が浮かべた笑みは、あの時のものとは違っていた。

「黒蛾を、立派な武士にしてくだされい、円心殿」

「儂はまだ、話し足りぬ」

「瓢の酒も、もうない」

「和泉《いずみ》、河内の二ヵ国に、朝廷の要職に、なぜ縛られるのだ」

「儂が縛られているのは、そんなものではない。帝に縛られているのだ」

「なぜ？」

「帝は、この国だからだ。日本だからだ」

遠い、と円心は思った。正成は、すでに自分とは遠いところに立っている。

「やはり、むなしいのだな、正成殿」

「もう、言うまい」

正成が腰をあげた。

「小舟がある。神崎川を下っていかれるとよい」

円心も立ちあがった。

「悪かった。正成殿の心を乱したかもしれぬな」

「おさらば」

正成が頭を下げた。束の間、眼が合った。笑っている。そう思った。背をむけた正成にかける言葉が、円心には見つからなかった。

葦のあるところまで、円心は歩いていった。

浮羽と黒蛾が控えている。円心が頷くと、黒蛾が水の中に踏み入り、小舟を押してきた。

## 2

赤松村へ戻ると、円心は弥次郎を呼んだ。

「北の山に、城を築くぞ」

「ほう」

「悪党の城だ。無駄になってもよい。悪党など、いない世が来るかもしれぬ」

「とにかく、兵五百を使って、早急に築きます。悪党にふさわしい城にいたしましょう。殿のお気に入るかどうかは、わかりませんが」

弥次郎が、悪党をどう取ったかはわからなかった。ただ、円心の気迫は伝わったようだ。自分でも、どこから出てきたかわからぬ気迫だった。

築城は、即日開始された。

「新田が、敗れたようです」

光義が知らせにきたのは、その翌日だった。

「ほう、尊氏殿が出てきたのか」

「足利軍が、追撃を開始したようで、京では大騒ぎになっております」

敗走する新田は、どこにも拠点を作っておかなかったのか。負けることなど、考えていなかったのか。一度の敗戦で、総崩れになったところを見ると、そうとしか思えなかった。

「どこかで踏み止まることなど、新田にはできまいな」

「緒戦の勝利を、まったく生かしておりませんので」

「正月には、足利は京に達するか」

「早ければ」

「尊氏という男、どうも腰が重い。ただ、一度立てば、それからは速いぞ。新田軍を追い撃ちに討って、京に雪崩《なだれ》こむだろう」

「それで決着がつきますか、この戦？」

「まだわからぬな。とにかく、城を急げ」

「さらに五百の兵を加えます。もっとも、山頂への径から作らねばなりませんので」

「手分けしてやれ。山頂への径を作る者。木を切り出す者。土を運ぶ者。兵糧を集める者。よいな、それを同時に進めるのだ」

「殿は？」

「湊川へ行く。兵糧は尼崎から運ばせねばなるまい。戦の行方がはっきり見えるまで、本陣は湊川にする」

円心は、五十騎ほどを率いて、湊川へ駈けた。面白くなってきた。これが、時の流れというものなのだ。いままで、いくら激しくとも眼を凝らさなければ見えなかったものが、いまは誰の眼にも見えるようになっている。ただ、まだまことの勝敗は見えない。

三日経ち、四日経つと、細かいことまで少しずつわかってきた。

「兄上が先鋒となって、脇屋義助《わきやよしすけ》の軍を破ったようです。それで、新田軍は総崩れになっております」

則祐は、気持の上ではすでに足利軍に加担しているようだった。

新田義貞が、軍勢を通すためにかけた浮橋を、落とさずにそのまま残して敗走しているという話も聞えてきた。敵を恐れて橋を切り落としたと嗤《わら》われては、末代までの恥と、義貞は言ったという。

「足利の勝ちは、もうはっきりしました。新田は、戦を知りません」

「則祐。儂は、範資にもおまえにも出陣を命じ、足利軍に加えた後に、足利尊氏を討つかもしれぬぞ」

「なぜです？」

「尊氏を討てば、また流れが大きく変る」

「その時は、兄弟三人、揃って腹を切りましょう。別に恨みはいたしません。父上の悪党の戦というものが、それがしにもいくらかわかって参りました」

「その時は、恨んでもよい。恨まれるのも、また悪党よ」

尼崎の範資の館から、湊川を通り、赤松村へ兵糧と銭を運び続けた。戦が近いとなると、野伏りも溢者も出てくる。道中の警固だけでも、三百の兵は必要とした。

敗走の新田軍が、少しずつ京へ戻りはじめたという。足利軍は、三河《みかわ》にまで迫ってきた。京では、連日の評定らしい。

「まだ楽観はできませぬが、足利軍は八万だといいます。そろそろ、どちらと闘うか決められた方がよろしいと思います」

「儂は、どちらとも闘わぬ。足利と新田の戦に首を突っこもうとは思わぬのだ、則祐」

「父上の戦ではないからですか？」

「いまから足利に加わるのは、潔しとせぬ」

「それが、悪党の戦でございますか？」

「そうだ。足利が勝っているから、足利につく。思えば悲しいことではないか」

「わかりません。もしかすると、京には正成殿がおられるからですか？」

「違う」

おのが戦。そう言っても、則祐には通じそうもなかった。円心だけが、わかることでもある。円心には、おのが戦がまだ見えてこない。

年が明けた。

足利軍は、八幡《はちまん》と勢多《せた》に押し寄せ、陣を敷いた。新田、名和、結城、そして楠木も、それと対峙するかたちで布陣している。

大軍同士の押し合いが、数日続いた。

尼崎の範資が、五百の手勢を率いて、無断で足利軍に加わった。円心は動じなかったが、則祐の驚きは大きかったようだ。

「心のままにせよ、おまえも。範資には、長年商人のような真似をさせてきた。戦など、好かぬと思っていたのだがな。見あげたものよ」

「しかし父上、ここで足利に加わっておかなければ」

「それは、武士が考えることだ。領地のために、勝つ方に靡《なび》く。そしてそれは、儂の戦ではない。おまえは、おまえの心のままにしてよいのだぞ」

「確かに、八万の軍勢に、いま数千が加わったところでどうなるのだ、とは思います。京は、攻めるに易く、護るに難いところです。明日にも、足利はどこかを破るかもしれません。尊氏殿も、そのことはよくおわかりでしょう」

「それで？」

「儂は、父上とともにいます。とことんまで、父上の戦というものを見てみようと思います」

「いま足利に加われば、いくらかの恩賞にはあずかれるぞ」

「いりません。兄上も、恩賞が欲しくて、足利に走ったわけではありません。それがしには、よくわかります。兄上は、自分で感じた時の流れに、抗しきれなかったのです」

「だから、よいと申しておる」

「父上が動こうとされぬのは、いかなるわけがあってのことですか？」

「儂の戦を知りたくば、黙ってそばにいよ」

則祐がうなだれた。

「倒幕の戦の時も、父上がなにゆえ立たれぬのか、苛立って見ておりました。いまふり返ると、父上は絶妙の時を狙いすまして、挙兵されております。だから、待ちます」

尼崎からの兵糧の移送は、範資が出陣しても続けた。光義が、少ない兵で懸命の移送に当たった。

浮羽と黒蛾が現われたのは、八日の夜だった。

「足利の後詰ではないのだな」

尾張《おわり》から近江《おうみ》にかけて、大軍が進軍中だという知らせだった。およそ五万である。

「間違いなく、陸奥守の軍勢でございます」

「多賀《たが》城から、駈け続けてきたというのか？」

「まさに、鬼神のごとく」

陸奥の情勢は、ほとんどわかっていなかった。五万の大軍を擁しているのなら、北畠顕家は、わずかな年月の間に、広大な陸奥を斬り従えたということだろう。

「ありそうもないことが、あるものだ」

「ようやく、足利軍にも知らせが届いたころかと思われます」

つまり、伝令の兵が間に合わぬほど、進軍は速かったということだ。それが、足利の背後から襲いかかる。尊氏は、それをどう捌《さば》くつもりなのか。

足利軍の攻撃が熾烈になったのは、翌日からだった。総攻めに近い攻撃だった。その日は京の防衛線は破れず、一月十日の朝、尊氏の軍勢が八幡を破り、続いて直義の軍勢が勢多を破った。

帝は、叡山に逃れたという。それから、東坂本《ひがしさかもと》を行在所《あんざいしょ》に定めた。

北畠軍が、琵琶湖《びわこ》を渡りはじめた。京から一度追われた新田や名和の軍勢が、再びひとつにまとまりつつあった。

北畠軍は、京へは攻めこまず、突出してきた足利軍と対峙した。北畠顕家は、並の武将ではなさそうだ。功名を求めてはいない。

出入口を塞いで、兵糧を断つ。それが、最上の攻め方であろう。正成も、坂本に陣を敷いていた。力が均衡し、膠着すれば、日に日に尊氏は苦しくなっていくはずだ。

「父上は、北畠顕家の動きを、はじめから読んでおられたのですか？」

「頭には入れていた。しかし、これほど速いとは、思いだにしなかった」

「これが、戦でございますね。気づいた時は、攻守所を変えている。戦の恐ろしさが、いくらかはわかったような気がします」

則祐は、苛立ってはいなかった。

「尊氏殿は、苦しかろうな。このまま膠着が続けば、負けしかなくなる」

その膠着を破ったのは、足利軍ではなかった。新田義貞である。足利軍の誘いに乗せられて、強引に京へ攻めこんだ。

「愚かな男だ」

「これまでの戦のやり方を見ていると、掛け引きというものをまったく知りません。十九歳という陸奥守の方が、はるかにすぐれた武将だと思います」

則祐は、腰を据えてじっと戦況を見ようとしていた。戦況は、物見に放ってある者たちから伝わってくるだけである。

陸奥守がいる。円心は、ふとそう思った。武士ではない武将。つまり、大塔宮と同じである。武士以外の軍勢を糾合するには、まさに適した人物ではないか。陸奥守の下に正成を置く。それは尊氏にとって、というより武士のすべてにとって、最も恐ろしいことではないのか。

しかし、今の朝廷は勝たせるに値するものなのか。

「父上。そろそろなにかが見えてきたのではありませんか？」

「則祐、おまえは儂の顔色を見るより、戦況をみていろ」

「それがしにとっては、父上の顔も戦況のひとつなのです」

平然と、則祐は言ってのけた。

尼崎からの兵糧の移送を終えた、と光義が報告に来たのは、二十日を過ぎてからだった。野伏りに悩まされる、かなり厳しい移送だったようだ。

「獲物があるとなれば、野伏りには敵も味方もありません」

「われらも、似たようなものであった。いまの京の戦で、そういう時代は終るのであろう。

いつまでも、同じことをしてはおれぬ」

「赤松の、巴《ともえ》の旗を見ても襲ってくる野伏りは、播磨、摂津の者たちではないようです。大軍が京に集まるのに伴い、他国から野伏りも集まってきたものと思えます。軍勢から脱落した兵も混じっておりましょうし」

戦は、京周辺だけでなく、摂津まで拡がってきている、と光義は言っているのだろう。

「北の山の城は？」

「ようやく、土塁になっております。なにしろ険しい坂で、人ひとりが通れるほどの小径しか作れません。その小径を使って、物を運びあげるのでありますから、弥次郎も先頭で泥にまみれております」

それぞれが、それぞれの戦をしている。

京の膠着が続いた。潮時というものがある。そろそろ、どちらかが仕掛けるはずだ。尊氏からだろう、と円心は思った。日が経てば、尊氏の兵糧は尽きてくる。二十万を超えるほどにふくれあがった兵を養える兵糧は、京にはない。

「浮羽」

湊川城の館の居室で、円心は呼んだ。日が暮れ、居室にはほかに誰もいない。浮羽が来た時は、円心の眼につくところに、なにか印があるのだ。今日は、見張りの櫓《やぐら》の梯子に、草鞋《わらじ》がひとつぶらさげてあった。

「坂本の行在所は？」

「逃げる仕度をしております。戦が押し気味ということもわからず、ただ逃げる仕度だけは抜かりなく」

「帝か、もしくは廷臣の主柱たる者が、飾りでもよいから戦場に出ようとはせんのか」

「とんでもないことでございましょう、戦場に出るなどということは」

そういう廷臣が、大塔宮を死に追いやり、楠木正成に絶望を与えた、と円心は思った。そして若い北畠顕家にもまた、絶望を与えるのかもしれない。

「北畠軍の士気は？」

「それはもう、ひとりひとりが、けものでございます。あれだけの道のりを、あれだけの速さで、死を賭けて駈け抜けてきたのでございます」

「さもあろうな」

「楠木様は、黙々とおのが仕事をなされております。竹で矢避けの楯を作り、それを並べて逆茂木《さかもぎ》のごとくにする訓練だとか」

「楠木の陣営も、覗いたのか？」

「やはり、楠木様が、なにかを決する立場に立たれるでありましょう。永年の心のつかえは、残っておらぬと言えば嘘になります。なれど、川魚一匹で、それはかなり楽にもなっております」

「そういうものだろう。多分な」

「黒蛾は、まだ楠木の陣営に潜ませております」

これ以上探って、大した意味があるわけではない。浮羽は、実の父の戦ぶりを、黒蛾に見せておきたいのかもしれなかった。

「これから先、おまえたちは具足を付けよ。変装のためにではなくな。光義には、すでに伝えてある」

「では」

「二人とも、儂の臣下に入れ。おまえたちの手の者で、忍びを続けたいという者がいたら、そうさせよ。おまえたちと同じほどに腕があがった時、儂のもとへ連れてこい」

「名を、名を頂戴いたしとうございます」

「黒蛾には、景祐《かげすけ》と名乗らせる。上月景満《こうづきかげみつ》の家を継ぐのだ。これも、光義に伝えてある」

「上月様の？」

「不服か？」

「身に余ることでございます。それから、私は忍びを続けようと思います。私には、忍び以外にできることがございません」

「上月はわが一族。上月景祐は、儂がしかと預かった。おまえがよいと思った時、上月景祐として儂の前に寄越せ」

浮羽が、平伏した。

その夜も、円心はなかなか寝つけなかった。戦場がそばにあるのに、自分は戦に加わってもいない。その思いが、眠りを妨げているのかもしれない。戦場でなら、眠れないことなどないのだ。

両軍が、全面的にぶつかったのは、一月二十六日だった。主力は賀茂《かも》河原でぶつかっているという。

激しい戦であることは、想像できた。湊川まで、地鳴りのような馬蹄の響きが聞えてくるような気さえした。

その日は決着がつかず、夜も小競り合いは収まっていないという。

足利軍が敗走したという知らせは、二十七日に届いた。北畠、新田、楠木の追撃が激烈をきわめているという。足利軍は、全体として西へ、丹波《たんば》へ逃げている。

「ここで、足利尊氏の首級《しゆきゆう》があがれば、戦は終りになる。それがしは、そうはいかないような気もします。新田が足利の代りになり、北畠と対立ということになりませんか」

「尊氏殿の首級があがってから、考えればいいことだ、それは」

「まことに、戦の勝敗とは不思議なものなのだと思います」

足利軍は、散り散りになっているようだ。倒幕の挙兵の地、篠村《しのむら》に逃げこみ、尊氏はそこで踏みとどまろうとしたようだが、瞬時にして潰滅させられたという。

尊氏の首級は、あがっていない。

3

山が深かった。

尊氏は必死だった。何千何万という追手が、自分を追っているはずだ。捕えられはしない。そうなる時には、自刃する。その覚悟はできているが、それよりも生きようという気持の方が強かった。

供は、すでに二十にも満たない。高師直《こうのもろなお》はそばにいるが、直義とははぐれた。

山が深いように、闇も深かった。はぐれた者を探すのは、至難である。

夜が明けてきた。

光だけは満ちてきたが、水も兵糧もなかった。

「物見を出します、殿。この少勢で討手に出会ったら、ひとたまりもありません」

「構うな、師直。運があれば死なぬ。そういうものだ。そして運が尽きれば死ぬのだ。歩くことは、おのが運と闘うことだと思え」

昼間の移動が危険であることは、よくわかっていた。それでも尊氏は、足を止めることができなかった。まだ負けていない、と思う。負けるはずはない、とも思う。

西へむかった。ひたすら西へ歩く以外に、いまはできることはない。

山を、いくつ越えたのか。湧き水で貪るように水を飲んだ。ほかに、腹を満たすものはなにもない。激しい戦だった。ようやく、そう思えるようになった。箱根竹ノ下《はこねたけのした》で新田軍を破ってから、ほとんど戦らしい戦もせずに、西上することができたのだ。京を攻めるのも、難しいことではなかった。背後に、いきなり五万の大軍が現われなければ、もっと別のやり方で京を制圧することもできた。背後の五万の北畠顕家軍は、どこから現われたのか。陸奥から西上してきた軍勢だということが、頭ではわかっていたが、天から降ってきたようにしか、尊氏には思えなかった。

つまり、天下を取るのはそうたやすくないと、神が教えようとしたのだ。もっと苦しめ。もっと闘え。神にそう言われたのだ。たやすく取れる天下なら、数代にわたって幕府執権北条《ほうじょう》氏のもとで、忍従の時を過してきたことの意味はなんだったのだ。

天下を取るために、自分はいま苦しんでいる。そう思うと、躰の芯の方で血が熱くなっていくのを、尊氏は感じた。

雄叫びをあげる。京にまで届けとばかりに、けもののような雄叫びをあげる。驚いた高師直が、尊氏の躰に飛びついてきた。

「心配するな、師直。戦はこれからだ。儂はこれから、天下を取るための戦をはじめるのだ」

「しかし、手勢が二十にも満たぬようでは」

「いまここには、確かに二十しかおらぬ。しかし、儂の手勢は、全国にいるのだ。全国の武士が、儂の手勢だ」

師直を振り飛ばし、尊氏は歩きはじめた。なにを恐れることがあるのか。全国の武士を集めれば、百万にも達するのではないか。自分は、その棟梁《とうりよう》として立ったのではなかったのか。

笑った。声をあげて、笑った。笑いながら歩いた。

前方に、三十ほどの野伏りが現われたのは、夕刻近くになってからだ。師直が、尊氏の躰を庇《かば》うように前に出てきた。野伏りの半数は、すでに太刀を抜いている。

「源氏の棟梁、足利尊氏と知ってのことか」

尊氏は大音声をあげた。野伏りたちは、恐れも見せず、打ちかかってくる。最初のひとりを真向から斬り倒し、二人目と斬り結んだ。乱戦になっていた。叫び声をあげ、二人目の首を斬り飛ばした。叫び続ける。肚《はら》の底の底から、叫び続ける。三人目。太刀が唸る。気づいた時は、血まみれの首をまるで別なもののように頭上で振り回していた。

乱戦が終りかけている。

「このようなことは、おやめくだされい、殿。一時は、どうなるのかと思いましたぞ。この国にとって、どれほど大事な身かということを、忘れておられる」

師直の息遣いは乱れていた。

「なにを言う、師直。行手を塞ぐ野伏りも打ち倒せなくて、なんの天下だ。行くぞ。西へむかって歩き続ける」

師直は、さらになにか言おうとしたが、尊氏はとり合わなかった。

陽が落ちかかってきた。昨夜から、どれほどの距離を歩いたのか。前方に、百余の軍勢がいた。負けるとは、尊氏は思わなかった。太刀を抜き放つ。ひとりでも、すべての敵は打ち倒せる。

「お待ちくだされ、殿。あれは味方じゃ」

師直が声をあげた。

「上杉《うえすぎ》殿の一行です。間違いはありません」

騎馬武者が三名。尊氏の姿を認めると、三名とも馬から降り、片膝をついた。

「ここは、兵庫《ひょうご》の北、五里ほどのところだそうです。案内の者もおります。なんとか、虎《こ》口《こう》を逃れましたな、殿」

「よし。ならば兵庫へむかう。兵庫に儂がいるとわかれば、散り散りになった兵たちも集まってくるはずだ」

山中を進んだ。それほど険しい山ではない。それに、尊氏は馬上だった。

周囲が闇になっても、松明《たいまつ》を焚かせて進んだ。空には星がある。それで方向を失うこともない。

「殿、兵が疲れきっております。しばらく眠らせた方がよろしいかと」

兵のことを言われると、尊氏も頷かないわけにはいかなかった。いくらか広くなった場所を選び、焚火を五つ燃やした。見張りに立つ者以外は、焚火のまわりで眠った。かなり冷えこんでいる。それに全員が空腹である。

火を見つめながら、尊氏はこの空腹も天下を取るためだと考えていた。戦場では、あれほどの矢の中をかい潜った。山中で野伏りに襲われても、すべて打ち倒した。このさき、なにがあろうと自分が負けるとは思わない。

「師直。ひとつやっておかねばならぬことがある」

師直は、火の番をするつもりなのか、小枝を脇に積みあげている。

「なんでございますか？」

「儂が、兵を挙げた。儂が天下を取る。ならばもう、さきの倒幕の戦で没収した土地も返してもよかろう。足利も北条もない。武士ならば、すべてわがもとに集まればよい。だから、没収した土地は返してやるのだ。すぐにそれを、全国に通達せよ」

「なるほど。それはよろしゅうございます。御新政への叛乱に加わった者のほとんどは、さきの戦で土地を没収された者どもです。それをすべて返してやれば、くすぶっていた不満も消えましょう」

「武士の棟梁として、儂はまずそれをなさねばならぬ。棟梁がなにをするのかと、武士たちに教えてやらなければならぬ」

いまは敵と味方に分れてはいるが、もともと武士はひとつなのだ。天下を取るならば、それは忘れてはならないことだった。

「よいな。すぐにやれ」

「兵庫に着けば、すぐにでも」

尊氏は領き、眼を閉じた。すぐに眠ったようだ。

夜明け。ようやく闇が薄くなったと感じられるぐらいで、周囲は静かだった。師直が、それぞれの焚火に、枝を足して回っている。夜中に何度か、師直はそれをやったのだろう。

尊氏は起きあがり、師直が抱えている枝を黙って半分取った。それを、焚火の中に足していく。熾《おき》が充分にあるので、火はすぐに燃えあがった。

出発したのは、すっかり明るくなってからだった。

遠くに、海が見えた。

「ここを降りて行けば、湊川でございます」

「そうか。あれなら、兵も集まりやすかろう。京へも、遠くない」

「気をつけられた方がよい、とそれがしは思います」

「なにをだ、師直？」

「湊川城には、赤松円心がおります」

「わかっている。円心は儂を快く迎えるであろう」

「赤松円心といえば、大塔宮麾下第一の武将。そして御舎弟様がなさったこととはいえ、足利は大塔宮の命を断っております」

「気にするな。仕方のないことだ」

尊氏は、海にむかうように坂を下りはじめた。全身が返り血と泥にまみれ、具足も傷んでいる。それでも、自分は武士の棟梁なのだ、と尊氏は思った。

気になるのか、師直がまた轡《くつわ》を並べてきた。

「赤松貞範《さだのり》は、はじめからわれらに加え、京攻めで勝ちに乗った時は、範資もわれらに加えてきました。しかしながら、赤松円心はまったく動いておりません」

「だから、どうしたのだ?」

「赤松は、両方に足をかけようとしているのではありますまいか。ならば、殿が百余の供回りだけで湊川城に入られるのは、赤松円心にとっては千載一遇の機会。殿を討ち取ったとなれば、功名の第一は必定」

「よせ、師直」

「できれば、それがしもやめたいと思います」

「昨夜、火を見ながら儂は考えた。もの心がついた時から、天下取りの戦ははじまっていたのだとな。おまえが父の跡を継いで儂に仕えたのも、北条に惨めな思いを舐めさせられたのも、帝のために闘おうとしたのも、すべて天下取りだったのだ。赤松円心に出会ったというのも、そうだ。その赤松円心が儂の首を取るというなら、天下取りもそこまでということだ」

「赤松円心の心の中に、大塔宮の件の恨みは刻みこまれておりますぞ」

「恨みたければ、恨めばいい。ただ、恨みだけで儂の首を取ろうとするほど、円心は小さな男ではない。もし首を取ろうとするほど小さな男なら、首を取られる儂も同じだけ小さな男だ」

「殿の言われることは、よくわかりません。危険はできるかぎり避ける。それが、側にいるそれがしの役目だと心得ております」

「もうよい」

構わず、尊氏は進んだ。

平地に下りてしばらく行くと、前方に湊川城が見えてきた。軍勢が、城から出ているという気配はない。

「殿」

「師直、儂は天下取りの戦の途上ぞ。赤松ごときに、それが阻めると思うか」

ふり返り、尊氏は師直を見て笑った。師直が前へ出ようとするのを、尊氏は止めた。

「儂が先頭だ。みんな、胸を張ってついてこい」

尊氏は、城を睨みつけた。

かすかな、恐怖に似たものが、尊氏の全身を包みこんだ。それが、円心に対する恐怖なのかどうか、自分でもよくわからなかった。もしかすると、城そのものに対する恐怖なのかもしれない。城は生きているようで、静かなたたずまいが、不思議に尊氏を圧倒してきた。

天下取りの途上で、おまえに会いに来てやったぞ、赤松円心。尊氏は、心の中でそう呼びかけた。軽く、馬の腹を蹴った。城門は、閉じられたままだ。

4

北の山と、その裾に拡がる原野を、円心は眺めていた。そばには則祐と光義がついている。

尊氏の一行が、すぐ近くまで落ちてきている、という知らせを受けていた。城外にいた兵は、すべて城に入れ、城門を閉ざした。

百余の一隊らしいが、円心は尊氏をどう扱うかなにも決めていなかった。

京で敗れた尊氏が、篠村でも敗れ、西へ落ちてきた。兵庫のあたりに現われる、というのは最も考えられることだ。ただ、篠村を逃れたあたりから、情報はなにも入らなくなっていた。

「おう、あれは」

則祐が声をあげた。

原野に、百ほどの軍勢が現われたのである。まだ遠いが、軍勢に焦りがあるようには見えない。先頭の騎馬が、尊氏自身であることも、はっきりと見てとれた。

「まこと、不思議な御仁じゃ。儂が首を取ることなど、考えてもおられぬ」

則祐が、円心を見つめていた。

「いまならば、たやすく首を取れる。そして、播磨守護ぐらいの恩賞は受けられよう」

則祐は無言だった。光義は、かすかな笑みを顔に浮かべている。

「佐用範家《きよのりいえ》の弓なら、もう射抜ける距離だな。矢避けの兵を前に出すのが、大将のやり方というものだ」

もとより円心には、ここで尊氏を討って、朝廷の恩賞を得ようという気はない。どれほど当てにならない恩賞かというよりも、そんなやり方は自分の戦ではなかった。

尊氏は、疲れきっているようだった。具足や顔の汚れが、円心のところからもはっきりと見えた。疲れきっているだけで、力を落としたようには見えない。やはり、そういうところは不思議だった。

「あれを討てるものはおるまいな。神をも従えている。そんなふうには見えぬか、則祐。ただの人が神を従えていれば、馬鹿げたことにすぎぬが、あの男があやっていると、実によく似合う」

「はあ」

「一軍の大将としては無要心すぎるが、この国の武士の棟梁としては、立派な姿だ」

騎馬は三騎。残りの徒《かち》も疲れきっているようだが、軍勢全体が奇妙に光に包まれて進んでくる感じだった。

「城門を開け、光義。尊氏殿はお疲れであろう。休んでいただく仕度もいたせ」

則祐が、ほっと息をついたようだった。

軍勢が入城してきた時、円心は則祐を従えて館の前で出迎えた。

「おう、円心殿。この足利尊氏、天下取りの戦をはじめた。その途上で、円心殿とも会っておこうと思った」

「躰を休められよ、尊氏殿。麾下の軍勢の到着は、しばらく遅れるでありましょうから」

「そうだな。鎌倉を進発してより、ほとんど休んではおらぬ。遠いな、鎌倉から京は。そして京からここの道のりも、遠かった」

馬を降りた尊氏が言う。

円心は尊氏を館の中に導いた。すでに湯漬けの用意はできていた。それを見て、尊氏が子供のように嬉しそうに笑った。

「兵庫に、わが旗を掲げてくれ、円心殿。遅れて参る兵たちに、本陣がどこであるのか知らせてやらねばならぬ」

「尊氏殿が兵庫に着到されたことは、すでに尼崎まで知らせを出しております。街道沿いの人々は、すぐに知ることになりましょう」

「兵たちも、疲れている」

尊氏は、湯漬けをかきこみながら言った。

「この城の兵糧を、すでに運び出しはじめております。ただ、小城ゆえに兵糧にも限界がありましてな。とにかく、京よりの兵には、ひもじい思いはさせますまい」

「おう、世話をかけるな、円心殿。儂は眠い。しばらく眠らせて貰うぞ」

「その前に、湯なりとお使いくだされい。用意は整っておりましょう」

「それもありがたいな」

湯漬けを三杯かきこんだ尊氏が、立ちあがった。二人の従者が、具足に手をかける。

「見事なものよのう」

居室へ則祐を伴うと、円心は言った。

「儂にはできん。楠木正成にもできん。生まれながらの棟梁にして、はじめてできることだ」

城内に入ってきた時の尊氏の態度に、一片の惨めさもなかった。敗軍の将という意識すらないのではないか、と思えるほどだ。そういう尊氏が、つまらぬことに怯えたり、細かいことに気を遣ったり、信じられぬ周到さを見せたりすることも、円心は知っている。生まれながらの棟梁でありながら、長く北条の下で忍従を強いられたのが、尊氏を複雑な人格にしたのだろうか。

「高師直殿が、何枚も書面を認《したた》めておられます。没収された土地を、北条の与党にも返すという書面です。挙兵に応じている者の中に、かつて北条の与党であった者も数多くいるからと申されておりますが」

光義が入ってきて言った。

「それは、御新政に不満を抱く武士の、ほとんどすべての心をひきつけることになるぞ、光義。尊氏殿の味方はもとより、敵に回っている者どももだ」

「高師直殿は、具足も解かず、湯漬けを二杯かきこんだだけで、筆を執られました。すぐにやれ、と尊氏様に命じられたことなのだそうです。三草山《みくさ》を越えながら思いつかれたことであろう、とおっしゃっていました」

篠村から三草山越えは、命の危険に晒されていたはずである。そういう中でも、周到な手配りを忘れないことには、舌を巻いた。自分には、思いつきもしないことである。

「あの男を凌ぐのは、容易なことではあるまいな、則祐」

「足利尊氏殿を、凌ぐと言われますか？」

「どこかでな。正成殿は、戦でそれをなした。どこまでそれをなし続けられるかわからぬにしろ、とにかくなし遂げたのだ。儂も、どこかであの男を凌いでみたいものよ」

「はあ」

「大塔宮様を亡きものにした。それも心情としては忘れ難い」

「父上、まさか」

則祐が顔色を変えた。光義は平然としている。

「寝首を掻くような真似を、儂がすると思うのか、則祐。あくまで、男と男の勝負だ。勝敗も見えぬ。ただ、儂と尊氏殿だけにはわかる。そういう勝負をしてみたい、といま思っている」

それ以上、則祐はなにも言わなかった。

翌日になると、足利直義の一行も城に駈けこんできた。直義は尊氏と違い、虚勢で惨めさを隠そうとしていた。

三日経つと、小さな湊川城には入りきれないほど兵が集まってきた。

兵庫には、すでに本陣の陣営は整っていて、尊氏は直義とともにそちらへ移った。

朝廷は京に戻っていて、兵庫の尊氏を討伐するための軍勢を整えているという。

尊氏は討伐軍を破り、もう一度京を攻める気でいるようだ。没収地返付状が効いたのか、敗軍とは思えないほど武士は集まりはじめていた。相変らず、尊氏の標的は朝廷ではなく、新田義貞である。

「思うほど兵も集まらず、士気も低いというのだな」

ある夜、京の情勢を浮羽が報告にきた。やはり、没収地返付状が、武士の心を動かしているからだろう。尊氏がそれを、身に備えた周到さでやった、と円心は思っていたが、そうではないのかもしれない、という気がしはじめていた。

尊氏は、常に棟梁たらんとしているのだ。だから、頭の中には困窮した武士のことがある。どこをどう救済すればいいのか、とたえず考え続けているからこそ、没収地返付状のような発想も出てくるのではないのか。

「京には、青霧《あおぎり》、赤霧《あかぎり》もおるのか？」

「青霧は、私とともに京を出ました。いまは足利様の本陣でございましょう」

「青霧とは、連絡を取り続けてくれ。それが儂の望みだと、青霧に伝えてもよい」

平伏し、浮羽が出ていった。黒蛾はまだ、正成の周辺で戦ぶりを見ているのか、と円心はふと思った。

討伐軍が出ていって、豊島《てしま》河原で新田義貞とぶつかった。正面からの押し合いである。

尊氏は麾下を進め、新田軍の側面を衝こうとしたが、正成がすでに神崎に回っていた。

豊島河原の直義が崩れ、西宮《にしのみや》、打出《うちで》で二度足利軍は踏み止まろうとしたが、一度崩れた軍を立て直すことはできなかった。

尊氏は、湊川の城に飛びこんできた。四国からの軍勢が到着していて、新田、楠木の軍と湊川城の間に、防御の陣を敷いた。

「甘い男だな、儂は。武士のことを思えば、武士も儂のことを思ってくれる。つい、そう信じてしまうのだ」

「賊軍と見られますからな」

正面から尊氏を見据え、円心は言った。直義も高師直も、円心の言葉に顔色を変えた。大声を出そうとした直義を、尊氏が制した。

「儂が、賊軍に見えるというのだな、円心殿は？」

「賊軍、つまり朝敵に思えるのでありましょう」

「儂は、朝廷と争うとは、一度も言っておらぬ。新田義貞を誅罰する、と言ってきた。この戦が、足利と新田の争いであることは、武士のすべてが知っているはずだ」

尊氏の眼が、冷たく光った。口調に怒りは感じられないが、眼は怒っているのだろう、と円心は思った。朝敵という言葉は、いまの尊氏には禁句に近いはずだ。

円心は、尊氏を見つめてほほえんだ。

「戦というものには、いつも旗が必要でございますぞ、尊氏殿。この円心が、播磨苔縄にて挙兵したのも、大塔宮の令旨という旗があったからです。旗なくして立てば、悪党の蜂起にすぎず、旗があればすなわち義軍でありました」

尊氏が、低く呻くような声を出した。

「新田義貞は錦旗を掲げ、尊氏殿は錦旗をお持ちではない。ゆえに、たとえ棟梁であろうと、朝敵に見えてしまうのです」

「困ったことを言われるな、円心殿。帝が儂に錦旗をくだされようはずもないのに」

「帝より頂戴せずともよい、とそれがしは思います。持明院《じみょういん》という皇統があるではありませんか。光厳《こうごん》上皇がおられます。しかも大覚寺《だいかくじ》統のありようを、苦々しく思っておられるはず。光厳上皇よりの院宣《いんぜん》ならば、受けられましょう。それによって、尊氏殿は新田と対抗できる錦旗を掲げることができます」

「そうか」

尊氏の眼の光が、冷たいものから熱いものに変りかけた。

「しかし、時がない」

「時は、作ればよいものです。兵も、関東よりの戦で疲れきっております。この際、船で九州へ行かれたらいかがでしょう。そこで兵を休ませ、軍勢を組織し直して、再び上洛されればよい」

尊氏は、しばらく黙っていた。円心も、それ以上は言わなかった。

「旗か」

「それがどれほど必要なものか、尊氏殿はよく御存じのはずです」

「院宣が欲しい。しかし」

「光厳上皇とは、すぐに連絡が取れます。浮羽に、それをやらせておりました。いまも赤霧が、連絡が途絶えぬようにしているはず。浮羽と青霧を、密使に立てていただけませぬか」

尊氏が、円心を見つめてきた。不意に、笑い声をあげる。

「敵に回したくない男が、二人いた。そのうちのひとりは、敵に回っている。しかしひとりは味方になった。五分と五分かのう」

「それがしも、なすならばおのが戦をなしたいと念じておりましてな」

「もうひとりも、おのが戦をしておる。二人とも敵であったら、儂は生きてはおるまい」

「尊氏殿、急かせるようですが、早く書状を認《したた》めていただけますか。そうすれば、九州へ行かれる前に、院宣をお手にできるはずです。それによって、尊氏殿が九州の地を踏まれる名分も立ちます」

「なるほど」

「それがしが見るところ、備後鞆津《びんごとものつ》あたりで院宣の使者にお会いになれましょう」

「わかった」

「それから、今夜じゅうに、兵庫より船で西へお向かいください。四国勢が、いつまで新田を防ぎきれるかわかりません。四国勢が破られれば、この城ではとても新田軍を防げませんぞ」

「しかし」

「評定は、室津《むろのつ》あたりでなされませ。室津はわが佐用郡からも近く、安全です。この円心も、尊氏殿の出帆を見届けたら、夜を徹して播磨へ戻ります」

「よいぞ、そうしよう、円心殿」

呆気ないほど、決断は早かった。眼はもう、静かな覇気をみなぎらせているだけだ。

全員が、撤収の準備にかかった。その中で尊氏は、光厳院への書状を認《したた》めた。尊氏と円心が二人だけのところへ、浮羽が青霧を伴って現われた。書状が渡される。

「恐ろしい男だ、円心殿は。儂が負けることまで見越しておったな」

「敗死されれば、それまでの運とも思っておりました。いや、なかなか運がお強い」

兵庫に船の仕度ができた、という知らせを光義が持ってきた。

にやりと笑って、尊氏は腰をあげた。

## 5

翌日の室津の軍議で円心が主張したのは、播磨を円心に守らせよ、ということひとつだけだった。九州にある尊氏に対しては、当然討伐軍が出されるだろう。その行軍路のとば口が、播磨である。尊氏は最初、そこにすべての足利方の軍勢を結集させる、と言った。

「円心殿の軍勢が六、七千だとしても、討伐軍には抗しきれまい」

「足利の力を、すべて播磨に集中し、そこが破られたらどうなります。あとは勢いでしょう。九州の武士も、朝廷側に加わろうとする。尊氏殿は、それほど強い足場もない九州で、腹背に敵を受けることになります」

「しかしな」

「余力があるならば、山陽道に武将を配置なされればよい。備前《びぜん》に総力が結集できる状態にしておけば、この円心が倒れたとて、さほどの不安はありますまい」

「しかし、なぜひとりで？」

「播磨の赤松円心が、播磨を守るのに余人の合力はいり申さぬ」

「それは無謀ではないのか、赤松殿」

直義が口を挟んだ。

「無謀ではありませんな。楠木正成は、何人で千早《ちはや》城に籠《こも》り、どれほどの時を闘い抜いたと思われます。しかもあの時は、攻囲する軍勢は二十万とも言われていた」

正成の名を出した時、尊氏の表情がちょっと動いた。

結局、軍議では円心が押し切り、播磨一国を単独で守ることになった。

「円心殿は、もしかして楠木正成と闘おうとしているのではないのか？」

西への船へ乗りこむ時、尊氏が円心のそばへ来て囁いた。

「討伐軍に正成殿が加えられなければ、闘うこともできますまい」

「加えられはせぬな、多分」

「待ちましょう。いずれ、どこかで会うことになるでしょうが」

「儂は、二人とも死なせたくない。稀代の悪党二人と、手を組んでなにかやってみたいと思っていた」

「無理でしょうな、それは」

「いまは、そう思う。倒幕を果した時ならという思いがあるが、あの時は大塔宮がおられた」

「時の流れというのは、そういうものでしょう。円心にも、ようやくわかって参りました。正成殿とそれがしが闘うことになるなら、それも時の流れ」

「望んでいるのであろう、心底では」

「羨ましいという口ぶりですぞ、尊氏殿」

「羨ましい。男同士とは、そういうものかとも思う。遠からず戻るぞ。それまで生きていろよ、円心殿」

言って、尊氏は船に乗りこんだ。

円心は、その場から馬で赤松村に駈け戻った。摂津にいた新田軍が、そのまま播磨に進攻してきたのである。

「新田に、ひと粒の米も渡すな」

光義に命じた。新田軍には、遠征の備えはないはずだ。兵糧が尽きるまで、なんとか支えればいい。

光義が、兵二千で新田を牽制した。正面に布陣すると見せかけては、退くのである。当然、新田軍は前進しようとする。それを範資、貞範、則祐、河原弥次郎がそれぞれ数百の兵を率いて、背後から、側面から襲う。

円心は、北の山城の築城の指揮に自ら当たった。大軍の攻囲に耐え、しばらくは籠城できるようにするためには、夥《おびただ》しい手間がかかる。飲むための水ひとつを確保するのも、並大抵ではないのだ。

新田軍の三万は、播磨の原野で三日ほど懸け合いをやると、京に引き揚げて行った。円心が読んだ通り、兵糧が尽きたのだが、三日の間なにをなす術もなかった。新田義貞の武将としての器量を、円心はそれで測ることができた。

「三日で引き揚げた新田を、京では嗤《わら》っております」

浮羽が報告に来た。

「帝から賜った勾当内侍《こうとうのないし》という女官に惚れこみ、逢いたい一心で戻ったという噂が流れておりまして」

「待て、それを流したのは、おまえではないのか、浮羽？」

「さあ」

浮羽の表情は動かない。黒蛾を連れてこないところをみると、まだ正成の戦を見せるつもりなのか。

「朝廷が、九州への遠征軍を、いつ出そうとするかだな」

「即刻ということにはなりますまい。一度失った京をわずかな時で回復し、朝廷はただ浮かれているばかりです。それに、陸奥守は、鎮守府大将軍の称号を受け、近日中に陸奥へ帰るという噂です」

「よし、おまえは、儂がかねて命じたことをやるために、播磨に留まれ」

「京の情勢については、青霧が知らせてくれます」

円心は頷いた。

とにかく、城を完成させることだった。険岨な山の築城が、どれほど困難なものか、円心は身に沁《し》みて知った。大きな道を作ろうと思えば難しくないが、それは攻囲された時はそのまま攻める道にもなるのだ。

手筈通り、尊氏は備後鞆津で、持明院統の光厳上皇の院宣を受け取った、という知らせが入った。その時も、円心は泥にまみれていた。

青霧が、朝廷の中のことを知らせにきたのは、三月に入ってからだった。

「ほう、正成殿がな」

新田義貞を誅罰し、足利尊氏を召し返して和睦せよ、と帝に奏上したというのだ。

勝ったにもかかわらず、新田義貞には思うように兵が集まらず、負けた尊氏に靡いていく傾向がある。新田の器量では武士を集められない、と正成は諦めたのだろう。思い切った奏上だが、円心はそこに、正成の死の匂いを嗅いだ。

儂の城を攻めてみろ。そういう思いで、円心は築城を急いだ。城は、正成への無言の合図でもあった。

三月の中旬に入ってようやく、京では足利討伐軍が組織された。総大将は新田義貞で、総勢四万である。

「時を稼ぎたい。兵三千で、新田軍を牽制するのだ。範資が行け」

城は、もう少しで完成する。攻撃に対して充分な備えだけでなく、反撃の備えもできあがる。

範資は、六日ばかり、新田の軍勢を攪乱した。四万をひきつけていたのは、見事だったと言っていい。

三月二十七日になり、新田義貞は西播磨まで進んで、弘山《ひろやま》に陣を敷いた。

円心は、佐用郡の地頭として、国司である新田義貞に、何度か使者を立てた。すべて時を稼ぐためである。一度は、円心自身が出向いて新田の武将と会った。

「御覧の通り、赤松円心は悪党から地頭に成りあがった者です。ただ、倒幕の戦には功があり、一時は播磨守護職まで与えられ申した。それをお返しいただけるのなら、新田義貞様の麾下に加わることも、やぶさかではありません。新田様は播磨の国主でもあられる方ゆえ、お願い申しあげます」

あくまで、下手に出た。会見にきた武将は、山の城についてこだわりを見せたが、ただの野伏りへの備えであり、挙兵するつもりならば苔縄城を使う、と円心は言い通した。

新田の独断で円心を守護職にというわけにはいかないのが、よくわかってやったことだ。思った通り、京とのやり取りに時がかかった。使者の往復が数度に及び、実に十日以上も時を稼いだのである。

四月に入り、城は完成した。

「白旗《しらはた》城と名づける」

家中の重立った者たちを集め、円心は言った。正成、見ているかという思いが、どうしてもこみあげてくる。

新田の陣営から使者が来て、円心を播磨守護職に補任する旨を伝えてきた。

「この赤松円心、播磨の悪党でござる。坂東《ばんどう》の田舎者に尻尾を振って、いつ召しあげられるかもしれぬ守護職を貰おうとは思わぬ。悪党の魂がどんなものか、新田殿は御存じないようだな」

言い放つと、使者は顔色を変えて戻っていった。

「新田義貞の、怒る顔が見えるようです、父上」

則祐が笑って言った。一年にわたって、則祐は新田の代官と闘ってきたのだ。溜飲が下がるものがあったのだろう。

「戦は、これからだぞ、則祐」

完成した城を見回しながら、円心は言った。

正成、おまえの千早城と較べてどうなのだ、と心の中で呟いていた。

弘山の新田軍が動きはじめたという知らせが入ったのは、翌日だった。

# 第十一章　野の花

## 1

佐用郡《さよう》に、新田義貞《にったよしさだ》の軍勢が満ち溢れてくるのを、小寺頼季《こでらよりすえ》は茫然と見ていた。四万か五万はいるだろうか。その全軍が、赤松円心《あかまつえんしん》を討つための軍勢だという。総大将は、新田義貞である。

なにがどうなっているのか、頼季にはわからなかった。足利尊氏《あしかがたかうじ》は、九州へ敗走していて、新田義貞はその討伐に来ているはずだ。そして円心は、佐用郡の地頭にすぎない。足利討伐軍が、なぜ全力を挙げて円心を討とうとするのか。

九州に敗走した足利に味方する。円心ならば、いかにもやりそうだという気もする。しかしそれに当てるには、せいぜい五千の兵で充分ではないのか。

頼季が播磨《はりま》に入ったのは、きのうだった。

鎌倉《かまくら》で、大塔宮《おおとうのみや》が斬られたということがわかった。結局なにも、なにひとつとしてできなかった。東海から関東にかけて大きな戦《いくさ》が続いたが、ほとんど放心したような状態で、遠江《とおとうみ》の小さな寺にいたのだった。大軍が、何度も遠江を通り過ぎていった。陸奥《むっ》の北畠《きたばたけ》軍の、阿修羅のような軍勢が通り過ぎた時、頼季はようやく放心から目醒めた。

それでも、西へむかったのは、ただ死に場所を見つけたい、という気持だけだったと思う。気づくと、播磨に入っていた。

大塔宮をさんざん利用して見殺しにした帝《みかど》の軍勢と、足利の軍勢が闘っていた。どちらも、潰れてしまえばいい、と頼季は思った。自分が闘うべき場所が、どうしても見つからなかったのだ。

佐用郡に進攻した新田軍は、白旗《しらはた》城と呼ばれる城を囲んだ。そこには、円心が籠《こも》っているのだという。白旗城ができたことさえ、頼季は知らなかった。

円心は、播磨に入ってきた新田の大軍を、ひとりで引き受けるつもりなのか。そんなことができるのか。いや、なんのために新田と闘おうとしているのか。円心に訊いてみたいと思っても、城に近づくことはできなかった。

新田軍は、三度ばかり白旗城に強襲をかけたようだが、犠牲だけ出して退いていた。

頼季は本位田《ほんいでん》村の小さな小屋で、その戦を見守っていた。

本位田村にやってきたのは、自分が最初に戦をした場所だったからである。本位庄の代官の家人《けにん》を打ち殺し、村の穀物倉を襲った。そして追われ、三里ほど南の赤松村に逃れ、あのころは則村《のりむら》と言った円心に助けられたのだった。十六歳のころのことだ。

城を囲んでいる軍勢の数から見て、円心にほとんど勝ち目があるとは思えなかった。城内に四百という噂だったが、それが千でも二千でも勝てそうではなかった。

なんとか、円心のもとに行きたいと思い、頼季は何度かそれを試みたが、新田の軍勢に追い返されるだけだった。

五日経っても六日経っても、白旗城が落ちる気配はなかった。

あれは千早《ちはや》城に似ている、と頼季はふと思った。楠木正成《くすのきまさしげ》も、わずかな兵で、二十万とも三十万ともいわれる大軍の攻囲に、数ヵ月耐え抜いたのだ。円心はいま、正成と同じ闘いをしようとしている、と頼季には思えた。そうなると、なにがなんでも白旗城に入りたい、という思いが募った。

新田軍は、蟻《あり》の這《は》い出る隙間もない、という言い方がぴったりなほど、しっかりと白旗城を囲んでいた。やはり、何度試みても、新田軍の前線にさえ行き着くことができなかった。

本位田村の小屋に人が訪ねてきたのは、城が囲まれてから八日目の夜だった。老婆である。

「なにゆえ、新田様の軍勢に加わろうとなさるのじゃ、御坊」

老婆の、皺《しわ》だらけの顔の奥にある眼が、じっと頼季を見据えていた。

「新田の軍勢に加わるつもりはない。儂《わし》は、白旗城へ行きたいのだ」

「それはまた、なぜ？」

「あるお方とともに、経をあげたいということかのう」

「戦場で、経をあげなさるのか？」

「おかしいかのう。死んだお方がおられるのじゃ。無念の思いを抱いて、死んでいかれた。そのお方のための、経なのじゃ」

「戦があれば、人が死ぬ。当たり前のことではございませんのか。人はみな、無念の思いを抱いておりましょう。ひとりのためだけにあげる経が、なにになります。戦で死んだ者たち全部に、経をあげられるとよい。そしてそのための経は、どこでもあげられるのではありますまいか」

「お婆、儂に説教か」

「このままでは、新田の軍勢もいずれはおかしいと思いはじめまするぞ、頼季殿」

自分の名を呼ばれて、頼季は一瞬身構えそうになった。それから、眼の前の老婆をもう一度見つめ直した。

「いまのところ、新田様は播磨に留まっていてくださる。どの村の者たちも、それをありがたく思っているのです」

「浮羽《うわ》か。浮羽なのだな」

「勝手に、白旗城に近づくことは許されませんぞ、頼季殿」

「そうか、浮羽だったのか。のう浮羽、儂はお館《やかた》に会いたい。会って、大塔宮様のために経をあげたい。いま、それだけを考えておる」

「この戦、赤松円心というひとりの男の、経でもあるのです。私は、そう思っております。戦で経をあげる。それが、あのお方のやり方でございましょう」

「わからぬ」

「闘うことを忘れたお方には、それは見えますまいな。私は、赤松円心というお方の心の動きが、いくらかはわかるようになって参りました。いまあのお方がなさっている戦には、大塔宮様に対する思いも含まれております。そういうお方なのだということが、私にもようやくわかるようになりました」

「儂はな、浮羽」

「およしなされい、頼季殿。死に場所を求めて行くところではありません、白旗城は」

「そうか」

「死ねぬのは、まだ死んではならぬ時だからです。それでも死にたければ、ひとりきりで、誰にも知られぬところで腹を切り、朽ち果てて土に帰ることです」

老婆姿の浮羽は、まだじっと頼季を見続けていた。

「儂が、死に場所を捜しているように見えるか、浮羽？」

「少なくとも、燃え尽きてしまわれたようには、見えます」

浮羽の声が、不意に男のものになった。頼季は、笑う気もないのに、自分が笑っていることに気づいた。

「儂は燃え尽きて、死に場所を捜しているだけの男か」

「嘘のようでございますな、大塔宮様とともに闘っておられたころと較べれば」

小さな燈台の火が、ちりちりと音をたてて揺れた。浮羽の顔の皺が深くなった。

「儂も、あのころが夢だったような気がするほどだ」

「赤松円心というお方は、決して過去を夢のようにふり返ったりはなさいません」

「まことの悪党よ、お館は。耐えていても闘っていても、いつもどこかにしっかりした筋が通っている。誰もが、あのような男子《おのこ》になれるとはかぎらぬ」

「よいのですか、頼季殿はそれで」

不意に、頼季は眼の前の浮羽が憎くなった。

自分は、稀代の英傑を、むざむざと死なせてしまったのである。大塔宮さえ生きていれば、いまの戦ですら、まるで違ったものになったはずだ。

そう思った瞬間、頼季はそばにあった杖を摑《つか》み、浮羽に打ちつけていた。浮羽の躰は、音もなく横に動いていた。

「済まぬ、浮羽。思わず手が動いた」

「いえ。頼季殿はいま、御自身を打とうとされたのです。私には、それがよくわかりました」

杖を置き、頼季は頭を垂れた。なんという、情けない男になったのか。いつから、これほど女々しくなったのか。誰かに腹を切れと言われなければ、腹を切ることさえもできないのか。

涙が、滴り落ちてきた。

「則祐《そくゆう》様は、五百ほどの軍勢を率いて、新田の軍勢と闘っておられますぞ。かつて、頼季殿が大塔宮様のもとで、千早城を攻囲する軍勢と闘われた時のように。範資《のりすけ》様も貞範《さだのり》様も、そうやって闘っておいでです」

「そうか。千早城の折のような戦を、みんながやっているのか」

「誰も、誰ひとりとして、燃え尽きてはおりません」

浮羽の眼は、まだじっと頼季を見つめていた。ほとんど感情のないこの男の眼の中に、かすかな憐れみに似たものを、頼季は感じた。

「明日、お迎えにあがります。一緒に、新田義貞と会ってはみませんか」

「新田義貞だと？」

「明日、この姿で会いに行きます。会ってくれると思います。頼季殿も、その僧侶姿で付いてこられたらいかがですか」

「本気か？」

「戦には、いろいろなものがございます。そのひとつを、頼季殿に御覧に入れようと思います」

音もなく、浮羽の姿が立ちあがり、小屋の外に出ていった。

頼季は、小屋の板敷に横たわった。燈台の火が、闇を揺らしている。それを見ていると、心の中でもなにかが揺れた。しかしそれは、頼季を起きあがらせるほどのものではなかった。

翌朝、十歳ほどの童が二人、頼季を迎えにきた。なにも問わず、黙って頼季は二人に付いていった。

新田の本陣からほど近いところに、老婆姿の浮羽がいた。近くの農民も集まっているらしく、人数は五十以上いるようだ。

「付いてきなされ、御坊。なんのために経をあげるのか、もう一度考えてみられるとよいのじゃ。経でなにができるかも、考えてみられるとよい」

頼季は黙っていた。

集まった百姓たちも、黙々と俵を積みあげているだけである。三十俵ほどの俵だろうか。女たちが、炊き出した飯を握りにして運んでくる。

行列が出発した。新田の本陣に、真直ぐにむかっている。

途中で何度も止められ、そのたびに浮羽が嗄《か》れた声で口上を述べた。

陣幕の外に並んで平伏するまでに、大した時はかからなかった。

「赤松円心を、なにがなんでも討ってくれ、と申すのだな」

声。多分、新田義貞のものだろう。誰も顔をあげられずに平伏している。

「播磨の国主様の御出陣を仰ぐことができて、百姓たちはみな喜んでおります。この二十数年の間、百姓たちは悪党赤松円心に、どれほどの辛酸を舐めさせられましたことか。収穫した米は奪われ、若い者は連れていかれ、田を荒らされ、家を焼かれました。一度だけでなく、それが何年も何年も続いたのでございます。ここにおります者どもは、多かれ少なかれ、赤松円心に妻を、子を、殺されております。いや、ここにおります者どもだけでなく、西播磨一帯の百姓は、みなそうでございます」

「赤松円心は、儂も許しておこうとは思っておらぬ」

「新田義貞様は、鎌倉の幕府を倒された、名将と聞いております。しかも播磨国主となられました。播磨の百姓どもにとって、それは光。長い長い、闇夜の果てに見ることができた、命の光でございます」

「心配いたすな。儂は必ず、赤松円心を討ち果す」

「ここに、西播磨の百姓どもの命がございます。ひと握り、ふた握りと集めた米でございます。秋の収穫はまだ遠く、飢えている者さえいて、これだけしか集まりませぬ。それでも、百姓どもの命でございます」

「なんと、三十俵以上あるではないか。儂は播磨に入って兵糧を集めさせたが、これほどには集まらなかった」

「穀物倉には、もうほとんど米はございませぬ。この米を出した者は、明日からは米を口にすることはありますまい。播磨じゅうの米を、あの悪党は搾り取ったのでございます」

「播磨国主として、その方らに謝らねばなるまいな、儂は。必ずや、赤松円心を討ち果す。

見ているがよいぞ」

そろそろと、頼季は顔をあげた。

凡庸な武士の顔が、そこにあった。いかにも強そうではある。しかし、それだけだった。しかも、小さな眼に涙を浮かべている。

「米は持ち帰るがよい。わが播磨の領民から、明日の暮しを奪おうとは思わぬ」

「明日の暮しのために、国主様に捧げる米でございます。そうお思いくださいますよう」

「そうか。わかった。ひと粒も、無駄にいたすまいぞ」

浮羽が平伏したので、頼季もまた平伏した。

新田義貞の従者がひとり、帰りは先導した。難なく陣営の外へ出、赤松村の方へ一行は歩いていった。途中からひとり、二人と消え、最後は浮羽と二人きりになった。

「なにをやったのだ、浮羽。裏切ったのなら、儂はただで済ますわけにはいかぬぞ」

「私を斬る気力はお持ちですか、頼季殿」

「お館を裏切ったのならな」

「兵糧を届けたことが、裏切りですか。兵糧など、兵が集めに来た時に差し出せばよい。老婆姿で、新田義貞自身に届けたのが、なんのためかもわからぬほど、頼季殿の眼は曇ってしまわれたか」

浮羽の声は、男のものに戻っていた。

赤松村を少し過ぎたところから、小舟に乗った。千種川《ちくさ》である。それで、高田庄《たかだのしょう》の近くまで下った。

小舟を降りてしばらく歩くと、軍勢が現われた。五百ほどだろうか。動きは整然としていて、騎馬にも乱れはなかった。老婆姿の浮羽が、頼季を見て小さく頷いた。

軍勢を率いているのは、則祐だった。つまり赤松軍である。ただ、巴《ともえ》の旗はあげていない。則祐が、一騎で駈け寄ってきた。頼季を見つめ、笑顔を投げかけてくる。

「ともに闘おう、頼季殿。かつて、われらがともに大塔宮様のもとにあった時のように」

則祐は生気に溢れ、眼はけもののように輝いていた。頼季は、なにかを思い出しかけた。引きこまれるように、曳かれてきた馬に乗った。

「いま、兄たちが新田義貞の陣の側面を衝《つ》いている。われらは、兄の軍勢を追ってきた敵を背後から襲う、伏勢《ふせぜい》じゃ。兵には野伏《のぶせ》りの身なりをさせているが、みんな鍛えあげた精鋭ばかりだぞ」

「お館は、新田を播磨に釘付けにすることを考えておられるのだな」

浮羽が、農民に化けて、播磨国主たる新田義貞に、兵糧米を献上に行った。民に頼られている。そういうところに、新田義貞という武将はいかにも弱そうだった。

領国たる播磨で赤松円心が勝手放題をすれば、義貞の面目は立たないだろう。しかし、一万の兵を白旗城に回して、西へ進むことはできる。それをさせないために、則祐をはじめとする赤松軍が播磨の原野で暴れ回る。これを討っておかなければ、後が面倒だと義貞に思わせる。さらに、領民の願いというかたちで、義貞の心情も動かす。

周到な策だった。さすがに、と思わせるものが、確かにある。

軍勢は、東へ移動していた。

「頼季殿。大塔宮様と別れてから、何人斬った?」

「あれからは、一人を斬ってはおらん」

「では、この戦で斬ってみることだ。儂はそれで、生きることがなにか、ということがわかったような気がする。生きることは、殺すことでもある。足利にとって生きることは、大塔宮様をあやめることであった。あの時はそうであった。儂はいま、そんなふうに思うことができる」

「それで、足利を許すのか、則祐殿?」

「誰も許さぬ。大塔宮様のことを言えば、帝や廷臣どものことも出てこよう。大塔宮様をあそこまで追いこんだ同士が、いま闘っているのだ。だから、儂は誰も許さぬ。自分をすら、許さぬ。いや、自分を許さぬという思いが、一番強いであろう。少なくとも、父上を見ていればそう思える」

「儂は」

「頼季殿に、どちらに付けとも、儂は言わぬ。ただ、いまは時が流れている。眺めているだけでは、その流れは見えぬと思う。どこかで、流れに身を投じることだ。でなければ、時に置き去りにされるだけだ」

大塔宮が殺された。それはすでに、流れ去った時に過ぎぬと、則祐は言おうとしているのか。

則祐が、片手をあげた。行軍が停った。兵が、そこここに散りはじめる。訓練された動きだった。馬はすべて、岩蔭に隠された。

則祐が、薙刀《なぎなた》を持ってきて、頼季に差し出した。手をのばして受け取ったが、頼季にはなんの感慨も浮かばなかった。

遠くから、馬蹄が響いてきた。

土煙の中から、軍勢が現われる。五、六百で、先頭にいるのは貞範のようだ。それを、二千を超える軍勢が追っていた。一つ引両の新田の旗を立てている。

闘わなくても、勝敗は見えている、と頼季は思った。数を恃《たの》んだ二千は、腹背に敵を受けることになる。前に進むことしか知らぬ軍勢は、背後を衝かれると弱いのである。

「ここで新田勢と闘うことは、結果として足利に同心することになる。それが気に入らなければ、戦場で儂の首を刎《は》ねてもよいぞ、頼季殿。儂はいま、闘うことだけを考えている。相手が誰であろうとな」

貞範の軍勢が、駈け抜けて行った。

みんな闘っている、と頼季は思った。みんな、闘うことが生きることだと、信じて疑ってはいない。

それでも、薙刀を握った頼季の手に、力は入らなかった。

*2*

円心は、固着した新田軍の陣形を見降ろしていた。

この三日、新田軍は動こうとしていない。攻囲がはじまってから、すでに十五日である。攻める側にも、疲れが出はじめたのかとも思えた。それでも、ほぼ五万の軍勢が、眼下に充満している。それに対する、城内の兵力は三百五十だった。考えに考えて、それだけの兵力に絞ったのである。

十五日間で、それほどの犠牲は出ていない。十二名が矢に射られただけである。

「景祐《かげすけ》、この三日続いている新田の構えを、なんと見る？」

黒蛾《くろが》改め、上月《こうづき》景祐である。新田の攻囲がはじまる寸前に、浮羽が連れてきた。

「力押しはならず、兵糧攻めに変えた、と一応は見受けられます」

「一応はか」

「新田義貞は、急がねばなりますまい。山陽道と内海《ないかい》を制しないかぎり、東上する足利軍は阻めません。そして、足利軍の東上は、間近に迫っております」

九州に落ちた尊氏は、筑前多々良浜《ちくぜんたたらはま》で優勢な朝廷方の菊池武敏《きくちたけとし》とぶつかり、それを打ち破っている。それをきっかけにして、尊氏は九州の兵を集めつつあるようだ。

楠木正成が、新田義貞を討って足利尊氏と結べ、と帝に献策したということも、浮羽が知らせてきた。正成は、時の流れを的確に読んでいる。読みながらもなお、帝と朝廷の存続を望んでいる。つまり、帝にとっては、尊氏と結ぶ以外に道はないのだ。

その献策が一笑に付されたということも、浮羽は知らせてきた。

「義貞は、急いでいるか」

「心の中は、焦りで黒ずんでおりましょう。それを見せぬための陣構えとも思えます」

一万ほどの兵力を白旗城の攻囲に残し、西へ進んでいくというのは、誰もが考えることだ。本隊を播磨に留めておくために、円心は考え得る限りの手を打った。三人の息子も、中山光義《なかやまみつよし》や河原弥次郎《かわはらやじろう》も、播磨国主である義貞の面目を潰すような暴れ方を、必死でくり返している。浮羽に命じて、義貞の最も弱そうな心にも、枷《かせ》をかけた。

白旗城を落とす、と義貞は決意しているはずだ。それも、時をかけるわけにはいかない。

「そろそろ、勝負どころだな、景祐」

「そう思います。ここ一両日の間に、新田軍は総力を挙げて攻撃してくるのではありますまいか」

そこで、もう一度義貞の面目を失わせることだった。つまり、城を落とせなかったというだけでなく、新田軍を破ることだ。

そのために城を出よう、と円心は考えていた。新田義貞に、意地でも播磨を素通りできない、とまで思わせなければならないのだ。

考えようによっては、この戦は千早城よりも難しかった。千早城は、二十万を超える大軍に攻囲されたが、あれはすべて城を落とすために集まった軍勢だった。だから、楠木正成の戦は、ただ耐えて、耐え抜くことだった。いつまで続くかわからぬ時を、耐え抜くことの難しさはよくわかる。あれを耐え抜いたことで、正成は燃え尽きたと言ってもいいのだ。

いま円心が対峙している敵は、いつ消えてしまうかわからないのだ。耐えながら、引きつけ続けるという戦をしなければならない。義貞が山陽道をさらに西に進めば、円心にとっては負けだった。

ひと月、と円心ははじめから考えていた。ひと月新田軍を引きつけておけば、足利軍が東上してくるはずだ。それで、天下の形勢はまた変る。

「兵糧は、充分であろうな、景祐？」

「それは、殿の方がよく御存じでございましょう。三月は、なんの補給もなく籠城していられます。この戦の難しさは、城を護ることではなく、新田軍をどこまで引きつけていられるかということに尽きると思います」

「どうすればいいと思う？」

「殿は、もう決めておられるのではありませんのか」

「決めている。おまえならばどうするか、と訊いているのだ」

「新田義貞のこれまでの戦ぶりを見れば、面目を潰してやることだと思います」

「よかろう。おまえの考えも、武将らしくなってきた」

円心が言うと、景祐はかすかに笑った。

新田軍が、ひたひたと押し寄せてきたのは、翌日の早朝からだった。

いままでの力押しとは、まるで違っていた。地に足がついている。前衛の兵は、しっかりと楯に身を隠し、後続の兵はところどころに石塁を造ろうとしている。

石や材木を投げ落とすという、いままでのやり方で撃退できるとは思えなかった。

「よし、巴の旗に並べて、大龍の旗を掲げよ」

円心は命じた。大龍の旗は、京の六波羅探題《ろくはらたんだい》を攻めて大敗した時、再起の思いをこめて自ら描いたものだ。それは、城外にいる味方への合図でもあった。

「覚悟はよいな、景祐。死んではならぬぞ。悪党は、死ぬための戦はせぬ」

「殿の戦がいかなるものかは、心得ているつもりでございます」

景祐が、兵たちを集めた。城内の陣屋が取り壊されていく。またたく間に、城は土塁と柵だけを残す恰好になった。

時々、石や材木を投げ落とした。そのたびに敵は後退し、楯のかげに身をひそめる。それだけで、算を乱したりはしなかった。なんとしても、途中に石塁をいくつか築くつもりのようだ。

夕刻まで、それをくり返した。

景祐が、しきりに風向きを測っている。円心は、床几《しょうぎ》でじっとしていた。

闇が白旗城を包んだ。敵は闇の中で動き、石塁を築き続けているようだ。旗が鳴り、風が強くなっているのがわかった。

「そろそろ、やろうかと思います、殿」

風向きもいいのだろう。景祐の息遣いが、かすかに伝わってくる。

「やれ」

短く、円心は言った。不意に篝《かがり》が燃えあがり、周囲の闇がいっそう濃くなった。陣屋を取り壊した材木に、火が移される。炎が大きくなり、円心のいるところまで熱気が伝わってきた。火のついた材木を、兵が次々に投げ落としはじめる。

眼下が、炎で明るくなった。石塁にとりついている敵兵の姿も、はっきりと見ることができた。周囲の樹木にも、火は移りはじめたようだ。

柵のそばに立って、円心は燃え拡がる火を眺めていた。城のまわりの樹木は、すべて切り倒してある。城の柵にまで火が移ることはないだろう。

火は、風向きに従って、次第に裾野の方へ燃え移っていった。

「殿、あれに」

景祐が指した。新田の本陣。風上になる方へ移動しようとしているのが、なんとか見てとれた。

一刻ほど、火は新田軍の頭上で燃え続けていた。それから、風下の、軍勢がいない方へ燃え移っていく。千種川のところで、止まるはずだ。

「行くぞ」

景祐にだけ聞えるように、円心は言った。景祐が、雄叫びをあげる。兵たちが集まってきた。円心は、景祐と並んで、柵のそばに掘った池の中を歩いた。ほかの兵たちも、続いてきている。

城を出た。まだ闇だった。円心と景祐を先頭にして、三百余の兵が斜面を駈け降りた。地が焼けていて熱かった。池で躰を濡らしていなければ、耐えられないほどだろう。新田軍の前衛とぶつかる前に、遠くで動揺がおきた。城外にいた六千ほどの味方が、一丸になって夜襲をかけているはずだ。明らかに、新田軍は浮き足立ちはじめていた。

馬蹄。風の鳴るような音も聞える。景祐が、円心の腕を押さえた。

「父です。新田の騎馬隊の馬を奪ったのでしょう」

景祐の口からも、風の鳴るような音が出た。馬蹄の響きが近づいてくる。およそ百頭ほどの馬を、浮羽が手の者とともに曳いてきていた。

「乗馬」

円心は低く下知を出した。

「一度ぶつかったら、徒《かち》は石塁のところまで退《さ》がれ。騎馬は、拡がらずに固まって、儂の後に続け」

それから円心は、まだ星の見える暗い空にむかい、はじめて肚《はら》の底から叫び声をあげた。太刀を抜き放ち、馬腹を蹴る。

正成。叫んでいた。儂が見えるか。これが儂の、悪党の戦だ。燃え尽きてはならぬ。男は、燃え尽きたりはしないものだぞ、正成。

敵の前衛とぶつかった。蹴散らして突っ走った。新田の本陣。そこへ斬りこむことしか、円心は考えていなかった。五万の大軍が崩れていく。太刀を振るうたびに、円心にはそれがはっきりと感じられた。

駈け抜けた。いつの間にか、中山光義の率いる騎馬隊が五百ほど加わっていた。騎馬隊だけで、もう一度突っこんだ。本陣の旗が、闇に浮かぶ。五十騎ほどの騎馬隊が、逃げて行くのが見えた。

「新田義貞はあれにある。首級《しゅきゅう》をあげよ。ほかの者には構うな」

追った。気づくと、ひとりひとりが見分けられるほどの明るさになっていた。

明るくなってくると、騎馬が、徒が、逃げ惑う新田義貞のまわりに集まりはじめた。ふり返った新田義貞の、恐怖に駆られたような表情を、円心は一度だけはっきりと見た。

「これまでだ」

片手を挙げ、円心は騎馬隊を止めた。明るくなれば、兵の数が物を言う。義貞のまわりには、すでに一千近い兵が集まりはじめていた。

「儂は城に戻るぞ、光義。その間、敵の反撃をそらせ」

言って、円心は山にむかって駈けた。景祐ほか、百騎ほどが付いてくる。

山裾で馬を捨て、新田軍が築いた石塁のところまで、円心は自分の足で駈けあがった。百名ずつの兵を、三ヵ所の石塁に配置した。樹木が燃え、新田軍との間に遮るものはなにもなくなっていた。

さすがに、新田義貞は五万の軍勢を、即座に立て直していた。

山頂の城を攻める構えである。

「殿、一つ引両の旗を三本奪ってきました。それを、巴の旗の下にぶらさげようと思いますが」

「ふむ、よかろう、景祐。新田義貞のような武将には、いたくこたえることだ。頭に血が上った顔が、見えるようだぞ」

石塁は、当然ながら城にむかって築かれていた。反対側に、円心は穴を掘らせた。それで、下から這いあがってくる敵に対する、石塁にもなってしまうのだ。

城に、巴の旗が掲げられている。その下に、新田の一つ引両の旗がぶらさげられた。

景祐が、城から矢を運ばせた。すべての矢である。これを射尽した時は、敵方の矢も方々に落ちている。それを拾い集めればいいのだ。

新田軍の前衛が、斜面を這いあがってきた。大きな楯で、完全に矢を防ごうとしている。矢が届く距離に迫ってきても、円心は射させなかった。片手をあげる。石塁の石を、兵たちが投げ落とした。大人の頭ほどの大きさがある石ばかりである。方々で、楯が破れた。

「射かけよ」

楯が破れたところに、矢が集中していく。それで、敵の前衛は総崩れだった。

二度、三度と、同じことがくり返された。

夕刻まで、円心はそこで持ちこたえた。

夜になると、外にいる味方が盛んに夜襲をかけはじめたようだ。その気配が、円心のもとにまで伝わってきた。

翌日も、同じような攻撃が続いた。石に対する備えとして、四、五人で支える大きな楯を前面に出してきたが、火矢を射かけてそれを燃やした。

五日、円心は石塁のところに留まった。

六日目の最初の攻撃で、投げる石がなくなった。それに合わせたように、矢も尽きた。

円心は、五十名ずつ、城に登らせた。途中の斜面に落ちている敵の矢は、全部拾わせた。

最後の五十名になった時、敵はすぐ間近まで迫っていた。

「斬りこむぞ、景祐」

「それは私がやります。殿はすぐに城へ」

「では、ともに斬りこもう。五十で一斉にぶつかる。坂を下る勢いをつけてな。それからすぐに、反転して城に登る。決して深く追うな、と兵たちに伝えよ」

先頭は四、五十名だった。その後ろに、四百ほどが続いている。

決断するとすぐに、円心は太刀を抜き放ち、斜面を駈け降りた。ぶつかる。その時すでに、円心は二人を斬り倒していた。三人目と太刀を合わせた時、敵の先頭は崩れはじめた。後続の四百の中に逃げこみ、混乱で斜面を転げ落ちる兵の姿がいくつか見えた。

円心は太刀を振って合図し、城まで這うようにして登った。追ってくる者はいなかった。城に戻ったところで、陣屋ひとつあるわけではなかった。ただ、柵沿いには、夥《おびただ》しい量の石が埋めてある。それは柵を固定させるためのものだったが、投げることもできた。

兵糧と水はある。

「そばまで登らせて、石を投げ、矢を射かける。敵が城に射こんだ矢は、残らず集めておけ。それでも追い払えない時は、百人ずつが一隊となって、斬り込む」

すでに五十ほどは倒れ、動けるのは三百に満たなかった。それでも、はじめに計算した犠牲よりは少なかった。

巴の旗の下にぶらさげた一つ引両の旗が、よほど新田義貞は肚に据えかねているようだ。何度も何度も、力押しをしてきた。

城から見ていると、新田軍は二つに分れ、半数は城に背をむけていた。城外の味方の奇襲に備えているのだろう。それでも奇襲は、夜となく昼となく続けられていた。奇襲が途絶えれば、義貞は城の攻囲の兵だけを残して、西へ進むかもしれない。

ひと月で、籠城はほぼ限界に達した。

兵糧と水はあったが、射る矢も、投げる石もなくなったのだ。矢を射こむと、それが射返されると気づいた敵は、ほとんど矢を射かけてこなくなった。

これから利用できるのは、城をとり巻く、急峻な斜面だけである。

楠木正成は、なぜあれほど耐えていられたのか。先の希望があるわけではなかった。城外には、大塔宮の軍勢がいただけである。そして、円心が挙兵しただけだ。

自分はこれから先、あとどれほど耐えられるのか。ひと月、耐えられるか。その前に、斜面を駈け下って、敵を突破しようとは考えないだろうか。

「そろそろ、則祐様が九州に発たれたころでございましょう」

景祐が言った。籠城してからひと月後に、足利軍がまだ東上していなければ、九州で尊氏の尻を叩いてこい、と則祐には命じてあった。城外の味方との連絡が取りにくいので、情勢はわからないが、足利軍の東上がそれほど遅れることはないだろう。

円心が待っているのは、足利軍ではなかった。

ひと月経ったころから、円心ははっきりと、自分が待っているのは楠木正成だと感じていた。白旗城の攻囲に手間取る義貞に苛立ち、朝廷は正成に出陣を命じるかもしれない。命じるべきなのだ。義貞には、あとひと月かけても、白旗城は落とせない。

正成が出陣してくれれば。円心はそれだけを考えていた。どうやって、この城を攻めてくるのか。裏の裏を掻こうとするなら、自分はさらにその裏を掻いてやる。たかが籠城ごきで、男が燃え尽きたりはしないことも、教えてやる。

「殿、新田はまた総攻めをかけてきそうな動きをしていますが」

景祐が報告に来た。顔半分が髭に包まれ、景祐は男らしい表情になっている。円心も垢だらけで、掌を擦り合わせただけでも、ぼろぼろと皮が剝けた。

「よほど、意地になっているようだな。その意地で、身を滅ぼすのか、新田義貞は」

投げる石は、柵沿いに埋めたものを掘り返していた。その石もなくなれば、柵の丸太を少しずつ抜いて転がせばいい。丸太もなくなれば、大きな穴を掘って身を潜め、攻め登ってきたところに、斬りこめばいい。兵糧が続くかぎり、方法はいくらでもあるのだ。

動ける兵は、二百五十ほどに減っていた。百は失ったという勘定だ。新田軍には、その十倍以上の犠牲が出ているはずだ。

総攻めをかけてきたが、また一刻ほどで撃退した。城を取り巻く急峻な斜面は、数千の兵力にも匹敵する。

「新田の兵も、倦《う》みはじめております」

義貞は、無策な男だった。愚直と言ってもいい。いつまで、無駄な殺し合いを続けようというのか。早く、朝廷に援軍を乞え。正成を呼べ。聞えるものなら、義貞の耳もとでそう言いたかった。

「殿」

円心が、城の中央に穴を掘らせている時、景祐が駈け寄ってきた。

「新田軍が、陣を払いはじめています」

円心は柵のところまで歩き、眼下を見降ろした。慌てたように、新田軍は退却していた。

「何日だ、景祐？」

「五月十八日です」

「五十日ばかりの籠城であったのか。まだ闘えたかな、景祐は？」

「足利軍が、ほんとうに東上してくるのかどうか、何度か不安にはなりましたが」

とうとう正成は来なかった。円心は、かすかに裏切られたような気持だった。

「あれに、中山殿が。それに貞範様も」

城外の味方が、ひとつに集まって城の方にむかってきている。河原弥次郎の姿だけがなかった。討死か、と円心は無感動に思った。

*3*

夥しい軍勢だった。

総勢で二十万を超える、と戻ってきた則祐が言った。

円心は、籠城して城を護り抜き、ついに新田の大軍を播磨から動かさなかったのだ。その間、頼季は則祐や貞範らの戦ぶりをそばから眺めていただけだ。闘おうという気持が、どうしても湧いてこなかったのである。

戦場は、播磨から摂津《せっつ》へ動きそうだ。新田義貞が、そこまで後退したのである。楠木正成も、援軍として出てきていた。

正成は、足利の大軍を京に入れ、それから糧道を断つという献策をしたらしいが、入れられなかったようだった。戦がなにかも知らぬ公家たちが、朝廷ではいまだにすべてを決しているらしい。

戦闘がはじまったのは、五月二十五日だった。それは、戦闘と言えるほどのものではなかった。海上からの水軍の牽制で、新田軍はほとんど闘わずして敗走をはじめたのである。足利直義《ただよし》の軍とぶつかっていた正成だけが、大軍の中に取り残されることになった。新田軍を無傷で京へ逃がしたのかもしれない、と頼季は思った。正成ならば、そういうこともやりかねない。

正成が、大軍の中を縦横に駈けはじめた。およそ五、六百の軍勢である。どんなふうに闘い、どこからこの戦場を離脱する気なのか。六百が六千でも、少なすぎる軍勢というほかはなかった。

円心は、戦場からかなり離れた丘の頂で、じっと戦況を見つめているようだった。範資も貞範も、円心のそばにいる。則祐と中山光義がいるところからは、半里ほど離れていた。

「なにか、絶望的な闘いという気がするな。楠木殿は、死のうとしている」

則祐が言った。言われてはじめて、頼季には、正成がなにをやろうとしているのか、はっきり見えてきた。死のうとしているのだ。背中に、冷たい汗が流れてくるのを、頼季は感じていた。

六百の軍勢の動きは、見事なものだった。

こちらへ来い、正成。円心は、ずっとそう念じ続けていた。邪魔な軍勢が多すぎるが、一対一で闘ってみようではないか。

円心のいる丘の上から、戦場がよく見渡せた。新田軍は総崩れになり、もう旗一本見えない。大きな池で、小さな蛇が一匹泳いでいるように、正成の軍勢の動きは見えた。

「景祐、馬を曳け」

床几に腰を降ろしたまま、円心は言った。

「おやめください。無理でございます。お気持はわかりますが、ここで見ておられる方がよろしいと思います」

「儂は、この手で」

「足利尊氏も、心得ておりましょう」

なにを心得ているのか、景祐は言おうとしなかった。

おまえの父だぞ、正成は。それも、口からは出てこなかった。景祐は知っているのかもしれない。黙って、父が討死していく姿を、見ようとしているのかもしれない。

わが手で、という思いが、円心のどこかにあった。いま、円心が正成の前へ出ていけば、どういう顔をするだろうか。多分、笑うだろう。そして、斬りかかってくる。

しかし、なぜなのだ。なぜここで、死ぬことを選ばなければならないのか。

東の方に、尊氏の本隊が見えた。正成までも、京へは逃がさないという構えである。

ぶつかり合いがはじまって、すでに一刻が過ぎていた。正成は、ただ死のうとしているのではない。できるかぎり多くの敵を倒して、死のうとしている。尊氏か直義の首級があげられるかもしれないという、一縷《いちる》の望みも抱いているのかもしれなかった。

「見事な戦ぶりです。直義殿の軍勢が、しばしば追い立てられている」

床几を並べていた、貞範が言った。

あれを見事な戦とは言わぬ。思ったが、円心は口に出さなかった。はじめから、勝つつもりなどないのだ。死ぬ気なのだ。見事な死に方というべきだろう。それも、悪党としての死に方ではない。

「則祐の方から、伝令の騎馬が出ましたぞ、父上」

円心は赤松軍を二つに分け、湊川《みなとがわ》城の北にあたる丘に配置していた。海上から攻めてくる尊氏が新田の本隊とぶつかった時、すぐに背後を衝ける位置である。しかし、新田は闘わずして逃げた。

円心も、そして尊氏も、いまは正成を押し包んでいる直義の戦を眺めているしかないのである。

頼季は、真直ぐに正成の方へむかっていた。太刀も馬も、則祐のものである。

太刀を抜き払って駈け出した頼季を、則祐は止めようとしなかった。

一騎で、直義の軍勢の中に駈けこんでいく。遮ろうとした徒を、二、三人斬り倒した時、頼季ははじめて肚の底から雄叫びをあげた。さらに、三人、四人と斬り倒す。闘いたいのではなかった。死にたかった。そして、死にむかってひたすら走っている正成が、自分の姿と重なったのだ。正成とともに死にたい。思っていることは、それだけだった。

正成の姿が見えた。まだ遠い。しかし、ふり返った正成が、一度だけ自分を見た、と頼季は思った。さらに駈け続けた。暗い、絶望から逃れるように、頼季は駈けた。騎馬武者が遮ってくる。ひとりを倒した。もうひとり。倒したが、頼季もひと太刀浴びた。痛みもなにもなかった。駈ける。血が飛んでいく。自分の血だ。また騎馬武者とぶつかった。斬り倒す。矢が、腹と胸に突き立っていた。死んではいない。まだ闘える。闘えるだけ闘って、死んでいく。いまは、それしかなかった。

眼で、正成の姿を捜した。まだ遠い。しかし、声を張りあげれば、正成に届きそうな気がした。矢。肩に突き立った。構わなかった。正成だけを、頼季は見ていた。視界を遮るものは、なんであろうと斬り倒す。

二度、三度と躰になにか食いこんできた。

不意に、視界が暗くなった。それから、周囲が見えた。馬が、足を止めている。数十の太刀が、自分を取り囲んでいた。

正成が、見えない。そう思った瞬間、言い様のない不安が全身を包みこんだ。

駈けた。駈けたと思った。なにも見えなくなり、次に見えたのは、晴れた空だった。倒れている。大塔宮。頼季は立ちあがった。歩く。前方に、自分を呼ぶ人の姿がある。正成ではなかった。大塔宮。間違いはない。大塔宮は、叡山《えいざん》にいたころのように、若々しかった。

ここは戦場ですぞ、御所様。頼季から離れられてはなりませぬ。言った。大塔宮には聞えたようだった。大塔宮が頷き、頼季も頷き返した。

それきり、なにも見えなくなった。


則祐からの伝令は、小寺頼季がひとりで斬りこんで行った、という知らせだった。

次の伝令が、頼季が死んだと知らせてきた。

則祐は頼季を止めず、助けようともしなかったらしい。

やはり燃え尽きたのか、と円心は思った。そして、大塔宮に殉じようとした。正成のあの姿を見て、心の底のなにかが衝き動かされたに違いなかった。

すでに二刻。それでも、正成がどこで闘っているか、円心にはよく見えた。残っているのは、せいぜい二百というところか。もう蛇のような動きはしておらず、小さな丸い塊が少しずつ動いて見えるだけだった。

「あの、小寺頼季が」

貞範が、呻くような声を出していた。

頼季が十六で貞範が十四の時、二人は仲間を語らって本位庄の穀物倉を襲ったのだ。それから、兄弟にも似た付き合いが続いていたはずだった。

「国というのは、不思議なものだ。志というのも不思議なものだ。頼季のような悪党でさえ、燃え尽きさせてしまう」

「およそ、似合わぬ男でありました。志など、持とうにも持てぬ男でありました」

「儂にはわかる。頼季があんなふうにして死のうと思った気持が」

「父上に？」

「なんとなく、だがな」

志に、気持を蝕まれた。円心には、そう思えた。そして志を持つのは、若いからだ。自分ほどの歳になると、それが幻のようなものだと、いつかわかってしまう。

「馬が」

言ったのは、ずっと背後の岩の上に登って戦況を眺めていた、範資だった。

正成が、馬を失っていた。それでも、正成がどこで闘っているかは、よくわかった。

円心は腕を組み、眼を閉じた。

信じられないほどの、闘いようだった。これからもまだ、闘い続けるかもしれない。しかしこれは、戦ではない。戦とは、まるで違うものだ。

尊氏も、湊川の東に布陣しているだけで、戦場に出てこようとはしなかった。敵に回したくないと言った男がひとり、敵ですらないというかたちで、自裁《じさい》しようとしている。そう思っているのかもしれなかった。

足利の大軍を京へ引きこみ、糧道を断ち、少しずつ弱らせていく。そういう戦を正成がした時が、つまりほんとうに尊氏の敵になるということだ。

閉じた眼を、円心は開かなかった。貞範が声をかけようと、景祐がなにか言おうと、眼を閉じたままでいた。

景祐が、息を呑む気配が伝わってきた。

「父上」

貞範が言う。

戦場の気配の変化を、円心も感じ取っていた。

眼を開く。大軍の中に、ぽっかりと穴が開いていた。その穴の中央に、数十人が立ち尽している。髪を乱した正成の姿を、円心ははっきり見たと思った。

直義は、正成に降伏を勧めているわけではなさそうだった。いくらか離れたところに、小さな小屋がある。そこへ導くように、直義の軍勢は二つに割れた。

もうよせ、と直義は言っているようで、正成も取り囲んだ軍勢に斬りかかろうとはしていなかった。ゆっくりと、数十人の集団が小屋にむかって歩いていく。

不意に、自分を抑え難くなって、円心は腰をあげた。

景祐が、不安げに円心を見あげている。

「正成ほどの男が」

円心が言ったのは、それだけだった。

正成の姿は小屋の中に消え、戦場は水を打ったように静かになった。

4

京へ攻めこむと、帝は叡山に逃げこんでいた。

新田義貞の本隊が、それを警固している。

時をかければ、たやすく潰せる、と尊氏は思った。叡山から反撃してくる力は、まだ残っているだろう。しかしそれは、一日か二日の戦をやる力でしかない。やがてそれは、一日もたなくなり、半日も続かなくなる。

帝が降伏してきたらどうするか、ということについて尊氏は考えはじめていた。あのお方は決して降伏はなさるまい、という思いも心の底にあった。降伏すると言われても、信じきれないなにかがあるのだ。

思った通り、六月も終りに近づくと、叡山からの反撃は微弱なものになった。一度かなりの大軍で攻めこんできたが、それを撃退したのを機に、反撃は二刻も続かないものになったのだ。大軍を撃退した時、名和長年《なわながとし》も討ち取った。

ようやく、京も落ち着きを取り戻した。

「琵琶湖《びわこ》の水運を止めて、叡山への糧道を断ったのが、効いて参りましたな」

高師直《こうのもろなお》の表情にも、安堵の気配がある。叡山への力攻めは、しなくても済みそうになってきたのだ。それでもあのお方は降伏なさるまい、と尊氏は思った。

「そろそろ、決めなければなりませんが」

「わかっておる」

口ではそう言ったが、尊氏はいましばし待ちたいという気持が強かった。

持明院統《じみょういんとう》からの、新帝擁立問題である。

九州へ落ちる途中で、持明院統の光厳《こうごん》上皇の院宣を手にすることに成功した。院宣の背後には、持明院統からの新帝擁立という黙約が、当然ながらある。

その院宣を持っていたがゆえに、九州でも賊軍とはならなかった。むしろ、錦旗を掲げることができたのである。

京を回復したからといって、その黙約を破ろうという気はなかった。破れば、大覚寺統《だいかくじとう》の後醍醐《ごだいご》帝だけでなく、持明院統からも逆賊呼ばわりをされる。征夷大将軍《せいいたいしょうぐん》や幕府どころの話ではなくなってしまうのだ。

しかし、いかに追いつめたところで、叡山におられるあのお方が、譲位ということを肯《がえん》じられるわけがない、ということも尊氏には痛いほどわかっていた。

結局、光厳上皇の院政のもとで、新帝を擁立するという方法しか、いまはなかった。そして、この国は二人の帝を戴《いただ》くことになる。

最後はそうならざるを得ないにしても、もう少し時が欲しかった。

「そろそろ、館へ移られたらいかがです、殿」

京へ入ってからも、尊氏はずっと六波羅の本営にいた。直義は、すでに自分の館に移っている。

「赤松円心は、七条《しちじょう》の貞範の屋敷か？」

「はい。京の攻防戦にも、倅たちは出て参りましたが、赤松円心はそしらぬ顔をしておりました。五十日にわたって、播磨で新田軍を止めた。それで、手柄は充分だと考えているのでございましょうか」

「手柄など、気にせぬ男だ、あれは」

京へ入ってから、尊氏はまた時々放心癖を出すようになっていた。師直は、それが心配のようだ。戦をしている時は、あまりいろいろなことを考えていない。考えることが多すぎると、放心しているように見えるようだ。

「恩賞の沙汰も、なさねばなりません。鎌倉を出てからのことは、ほぼ調べ終えております」

「わかっておる」

「わかるだけでなく、やってくださらなければ。軍忠状を持参してくる武士を、いつまでも待たせるわけにも参りませんし」

「直義と談合せよ。それで決めたものを、儂のところへ持ってこい」

「細かいことは、御舎弟と詰めております。大きなところは、殿に決めていただかなければ」

例えば赤松円心をどうするか、というようなことを師直は言っているのだろう。

「出かけてくる」

尊氏は、手を打って従者を呼んだ。

「どちらへ？」

「七条だ」

「殿が行かれることはありません。用があるなら、呼ばれればよい」

「用は、なにもない」

すぐに、馬が曳かれてきた。

七条の赤松の屋敷まで、それほど遠いわけではなかった。それでも、従者は三十名ほど付いている。天下を取ったという実感はまだないが、かたちの方から整えられていくようだった。

円心は、客殿で端座していた。尊氏が入っていくと、両手をついて頭を下げた。

「儂が来ることが、わかっていたようだな、まるで」

「小さな屋敷です。本来ならば、お出迎えすべきところですが」

「親父殿だけか」

「倅どもに、なにか？」

「倅に用ならば、呼びつけている。円心殿に訊きたいことがあって、来たのだ」

円心の眼は、ほとんどなんの表情も見せなかった。いくらか痩《や》せ、顎のあたりに強情な線が浮かびあがっている。痩せたのは、籠城のせいだろう、と尊氏は思った。

「円心殿は、儂と帝に復讐をしたのか？」

「ほう、復讐でございますか」

「儂が九州へむかう時、持明院統の院宣を貰えと進言したのは、円心殿だった。あの時、いまあることを、すでに予想していたのではないのか？」

「持明院統から、帝を擁立しなければならぬということですな。そして、大覚寺統は帝位を譲りはしない。つまりは、一天両帝ということになってしまう。そんなことは、院宣を手にされた時から、おわかりだったのではありませんか、尊氏殿」

「気づいたのは、京に戻ってからよ。九州へむかう時は、とにかくなんであろうと、つかまるものが欲しかった」

「気づかれたのなら、それでよろしいではありませんか」

「帝が二人いる。そのことで、儂は今後、苦汁を舐め続けるという気がする。叡山の帝も、苦しまれることになろうな。すべて、円心殿の進言から出たことだ」

「それをとられたのは、尊氏殿ではありませんか」

言って、円心は声をあげて笑った。ただ、眼までは笑っていない。

「やったな、おぬし」

「儂がなぜ、尊氏殿や叡山の帝に、復讐しなければなりませんのか?」

「帝は、大塔宮をさんざん利用して、捨てられた。儂はその大塔宮をあやめた。だから、円心殿はその復讐をしたのだ。持明院統の院宣を貰えと進言した時の心の底に、そういう復讐の思いはあったであろう」

「利用できるものがそこにあれば、利用する。それが悪党というものです。石があれば、それを拾って投げる。棒があれば、それで打つ。悪党の戦とは、そういうものです」

「悪党に、復讐などという言葉はない、と言うのだな」

「ありませんな」

尊氏は、円心を見つめた。やはり、表情はなかった。

復讐でなければ、なんなのか。

円心は、天下を取ろうとする自分と、勝負しようとしたのではないのか。尊氏はふとそう思った。この男なら、この悪党なら、そんなことも考えかねない。そしてその勝負に、自分は負けたのか。

「もはや、天下は乱さぬ。この尊氏がいるかぎり、天下は乱れぬぞ」

「さよう。尊氏殿は確かに天下を取られた。これから幕府も開かれるのでしょう。しかし、帝が二人いる天下です。はじめから、乱れている」

「乱れれば、民草《たみぐさ》が苦しむだけだ」

「どうですかな。苦しむのは、公家と武士だけではありませんかな。民草は、ほんとうは強いのです。乱世に馴れている」

「もう、悪党の時代ではないのだぞ、円心殿」

「確かに」

円心が、ちょっとほほえんだ。

「悪党としては生ききった、とこの円心は思っております。最後の悪党ですかな。楠木正成も、もうおらぬ」

「取った天下に、帝が二人いるか」

「仕方がありますまい。もうひとりの帝を立てなければ、天下は取れなかったのです」

あの進言さえなければ、と出かかった言葉を尊氏は呑みこんだ。

元弘《げんこう》没収地を返付してやるだけで、武士をひきつけることは充分にできたはずだ。さらに院宣が欲しいと思ったのは、自分の弱さにほかならない。

不意に、おかしさがこみあげてきて、尊氏は高笑いをした。

「ところで、恩賞の話だが」

「ほほう、こんな時に」

「播磨守護職は、円心殿に与える。嫡男の範資殿には、摂津守護職を与えよう。幕府が命ずる、守護職だ。国主と思って構わぬ。そしていずれ、美作《みまさか》か但馬《たじま》の守護職を、貞範殿に与えよう。佐用庄の地頭であった赤松一族は、三ヵ国を持つ大名になる」

「これは過分な」

「ひとつだけ、終らせたいものがあるからだ。悪党の時代を、終らせてしまいたい」

瞬間、円心の眼に鋭い光がよぎった。

「わからぬお方だ、尊氏殿は」

「儂はもっと、勝手に生きたかった。なににも縛られずに、生きたかった。楠木正成や赤松円心を凌《しの》ぐ、悪党になれたはずだ。天下取りという重荷さえなければな」

「もう、取ってしまわれた天下です。これからは、勝手に生きればよいではありませんか」

「本気で、そう思って言っているのか?」

「いや」

眼が合った。

尊氏の方が、先に笑いはじめた。

「楠木正成に、いまの話を聞かせてやりたかったな、円心殿」

「正成殿は、どこか一途であった。儂のように、どうでもいいと思うところがなかった。悪党になりきれませんでしたな」

「あのお方のお側にいたのでは、悪党にはなれぬ。あのお方も、言ってみれば、まことに悪党らしい悪党ではないか。儂はいま、しみじみとそう思う」

尊氏は、庭に射している陽の光の方に眼をやった。円心は端座したまま、首を動かそうとはしない。

「楠木正成は、儂や円心殿に、男の死に方を見せようとしたのであろうか？」

「正成殿は、自分らしく死のう、と思ったのだと思います」

「ああやって死ぬのも、悪くないという気がする」

「白旗城に籠って新田の攻囲を受けていた時、儂がなにを考えていたか、尊氏殿にはおわかりになりますか？」

「いや。よく踏ん張るものだと、感心はしていたがな」

「正成殿を、儂は呼んでいました。あの城を、正成殿に攻めさせたかった」

「なるほどな。男同士というのは、そんなものなのかもしれぬな」

「尊氏殿も、大塔宮様と、まともにぶつかるべきでしたな。そこで勝てば、いまのようなことにはならなかった」

「同じことを、いま儂も思った」

「言っても、詮なきことですかな」

　頷き、尊氏は腰をあげた。

　屋敷の門まで、円心は見送りに出てきた。もう、この男と親しく語ることなど、生涯にないだろう、となんとなく思った。そして自分は、これからも不毛な戦の中で、生き続けていくことになる。

「叡山のあのお方と、儂はせいぜいやり合うことにいたそう。それも面白い、と思えてきた」

「やはり、根に強いものをお持ちですな、尊氏殿は」

「なんの。弱いからこそ、儂には闘う相手が必要なのだ」

　言って、尊氏は鞍に跨《またが》り、馬の尻に鞭をくれた。なまあたたかい風が、頰を打った。ふりむかず、尊氏は駈け続けた。

## 5

円心が京を発ったのは、七月に入ってからだった。

暑くなっていたが、まだ蟬の声はどこからも聞えなかった。

叡山に、大塔宮を訪ねたのも、夏の盛りだった。蟬の声が、不思議に静かな感じで山を包みこんでいたのが、いまもはっきりと思い浮かぶ。

供回りは三十騎ほどだったが、円心は景祐だけを連れて、先に駈けていた。

やがて、湊川にさしかかった。

「そこだな、景祐？」

楠木正成が、自害した小屋の跡だ。燃え落ちて、小屋はもうない。

尊氏は正成の名を惜しみ、首級を河内《かわち》に届けさせたという。

「なんという男であったのだ、正成は」

「はい。いまも、あの戦が眼に浮かびます。数百で、何百倍もの敵の中を駈け回った、あの姿が」

正成は、燃え尽きていた。深い絶望の中にもいた。

悪党は、燃え尽きたりはしないものだ。言っても、いまはもう空しかった。

「花を摘んで、手向けている者がいるようです、殿」

「楠木の家中《かちゅう》の者かもしれぬな」

草の中から、人の姿がひとつ出てきた。

老婆である。浮羽であることは、すぐにわかった。花を手向けたのも、浮羽だろう。老婆姿の浮羽は、地面にしゃがみこむと、手を合わせた。

「似合わぬな、浮羽」

「似合う、似合わぬは、どうでもよろしいのです。長い間、私はこういうおのが姿を夢見ておりました。夢見ていたことができる以上、それをやり続けるべきではありますまいか」

「ほう、ここで毎日花を手向けるのか？」

「夢見ておりましたのでな」

浮羽は、老婆の声で喋っていた。

「人は誰でも死ぬのだということが、ここにいるとよくわかります」

「死ぬのを怕《こわ》いと思ったことがあるのか、浮羽？」

「いつも、恐れておりました。伊賀《いが》より逃げてからは、夜が長いと思ったものでございます。死ぬのを恐れていたがゆえに、おのが技も磨いたのだと思います」

「おまえがやってきたのは、いつ死ぬかもわからぬような仕事だった。進んで、死に身を晒している、と儂には思えたがな」

「私が恐れていたのは、おのがまことの姿を悟らされながら、死んでいくことでございました。忍びの仕事は、死ぬまで懸命で、死んでも名さえ残りません。私が恐れていた死とは、反対のところにあるものでございました」

浮羽が恐れていたのは、楠木正成の太刀にかかって死ぬ、ということだったのだろうか。いま、それを訊こうとも思わなかった。

「むなしいのかな、人の生は？」

「さあ」

「生きたいように、儂は生きた。死ぬことを恐れたこともない」

「はじめから、すべてがそうでございましたか？」

「違うな。耐えなければならない時の方が、多かったかもしれぬ。生きたいように生きるために、耐えていると思うことにしていた」

「いまは、燃え尽きた、と思っておられますか？」

「その思いは、しばしば心をよぎるぞ」

「楠木様が、亡くなられましたからな」

「正成が死ぬと、なぜ儂が燃え尽きる？」

「そういうものでございます」

浮羽はまだ、手を合わせたままだった。

「ここにいる若武者は、上月景祐という。野の花を摘んで手向けさせたいと思うのだが、構わぬかな」

「それはもう。幸いに、いまは色とりどりの花が野に満ちております」

円心がふり返ると、景祐は馬を降りた。

深い草の中に、分け入っていく。円心と浮羽は、しばらくその後ろ姿を見送っていた。

「景祐は、自分の躰に流れている、楠木正成の血を知っているのか？」

「さあ、なにか感じているかは知りませんが、あえて教えたりはしておりません」

「上月景祐でよいのだな。あえて楠木との繋がりを教えなくても」

「血は、なんの役にも立ちません」

「それはわからぬがな。正成ほどの男の血を受けた。それは、あるいは重いことかもしれぬ。血の重さなどに縛られずに、景祐には思うままに生きて欲しい、と儂は思う」

「ありがたき、お言葉です」

「浮羽、おまえも来ぬか？」

「世は、これで泰平というわけではありますまい。いや、これからこそが、麻のように乱れます。帝が二人おられる、という世がはじまるのでございますから」

「忍びの働きどころは、いくらでもあるということだな」

「必要な時には、呼んでいただけませぬか。銭にて雇われる。赤松円心様とは、そういう関係を崩さぬようにした方がよい、という気がいたします」

もはや、悪党の時代ではない。大名と忍びの付き合い方は別にある、と浮羽は言っているようだった。

景祐が、ひと抱えほどもの、野の花を摘んできた。

「殿は、いかがなさいますか。殿の分も、と思って摘んできたのですが」

「儂は見ていよう」

円心は、馬上から言った。景祐が頷き、黒く地が焼けたところに、花を置いた。浮羽は、手を合わせ、経のようなものを口の中で唱えているが、円心にはよく聞きとれなかった。

景祐は、すぐに戻ってきて馬に乗った。

なにも言わず、一度だけ浮羽を見て、円心は馬腹を蹴った。景祐は、ぴたりと後ろについている。

「景祐、おまえが摘んだ花の名を、知っているか？」

しばらくして、円心は並足に落とした。

「さあ。醜くはないと思ったものだけを、摘んで参りました。殿は、御存じなのですか？」

「いや、儂も知らぬ」

湊川城も通りすぎた。あと一里とちょっとで、もう播磨に入る。

「あの花は、赤松村の川のほとりにも、よく咲いていた」

「気づきませんでした」

「どこにでもある、名のない花か」

「殿、中山光義殿を、待った方がよろしくはありませんか」

「播磨に入ったら、馬を休ませる。そこで追いついてくるだろう」

光義は、わざわざ遅れているのである。湊川に、円心ひとりを行かせようと考えたのかもしれない。

「景祐、儂に馬で勝てるか？」

「はっ？」

燃え尽きはしない。円心は、自分にそう言い聞かせていた。燃え尽きないがゆえに、悪党なのだ。そして自分は、悪党として生き延び、悪党として死ぬしかない。

「儂は、若い者にはまだ負けぬ」

「お望みならば」

「国境までじゃ。駈けるぞ」

円心は、再び馬腹を蹴った。

風が、円心の全身を包みこんだ。

なにもかもが、その風に吹き飛ばされていくようだった。

遠くに、播磨の原野が拡がっている。

# 解説

亀田俊和

北方謙三氏は、日本史や中国史に題材を取った歴史小説やハードボイルド小説の作家として著名である。その詳細な経歴は著者紹介をご参照いただきたい。解説者は主に南北朝時代の室町《むろまち》幕府の政治史や制度史を研究しているのであるが、この分野の研究を志したきっかけの一つは、確実に北方氏の小説である。特に佐々木道誉《ささきどうよ》を描いた『道誉なり』（一九九五年）は、アレクサンドル・デュマの『モンテ・クリスト伯』と並び、大学生時代に何度も繰り返し読んだ小説である。それだけこの小説に親しんだのは、主人公の生き様に惹かれたからであり、南北朝時代に対する私見にも相当な影響を与えたと思う。また、『Hot-Dog PRESS』に連載されていた氏の人生相談を読むのも楽しみであった。軽妙でユーモアにあふれ、それでいて内容の深い回答に感心していた。「一見強面《こわもて》だが、実は謙虚で腰が低い、おもしろい小説家」というのが、一九七〇年代生まれの解説者が一貫して北方氏に抱いているイメージである。

それはさておき、解説の任を果たすために、まずは本作の主人公赤松円心《あかまつえんしん》について簡単に紹介したい。円心の俗名は則村《のりむら》。赤松氏は播磨《はりま》国佐用荘《さようのしょう》赤松村を名字の地とする武士で村上源氏《むらかみげんじ》とされるが、円心以前に関しては信頼できる史料が少なく謎が多い。後醍醐《ごだいご》天皇が鎌倉《かまくら》幕府を滅ぼした元弘《げんこう》の乱（一三三一〜三三年）では、当初は幕府方で、京都に進撃してきた楠木正成《くすのきまさしげ》軍を迎え撃って撃退したこともある。だが、三男則祐《そくゆう》が比叡山《ひえいざん》の僧侶で、天台座主尊雲法親王《てんだいざすそんうんほっしんのう》（比叡山のトップ。後に還俗《げんぞく》し、大塔宮護良《おおとうのみやもりよし》親王となる）の側近であった縁もあり、元弘三年（一三三三）二月に護良の令旨《りょうじ》に応じて挙兵し、倒幕に貢献する。その後、建武《けんむ》政権下で冷遇されたことにより足利尊氏《あしかがたかうじ》に接近し、建武の戦乱（一三三五〜三六年）では持明院統光厳《じみょういんとうこうごん》上皇の院宣《いんぜん》を獲得する戦略を尊氏に進言したり、播磨国白旗《しらはた》城で新田義貞《にったよしさだ》の大軍を釘付けにしたりするなど、尊氏の創業を大いに扶《たす》けた。その功績で、室町幕府で円心は播磨守護に任命された。円心自身は貞和《じょうわ》六年（一三五〇）正月に七四歳で死去するが、足利一門ではない外様《とざま》にもかかわらず、子孫は代々播磨と備《び》前《ぜん》の守護職を相伝し、時折侍所頭人《さむらいどころとうにん》に就任する四職《ししき》の一つとなり、戦国時代に至るまで幕府の重臣であり続けた。六代将軍足利義教《よしのり》を暗殺して嘉吉《かきつ》の乱（一四四一年）を起こした赤松満祐《みつすけ》は、円心の曽孫である。

　本作を読まれた読者ならば、右の円心の紹介から、作者が史実に相当忠実にこの小説を執筆していることを容易に看取されるであろう。北方氏は、本作が発表された一九九一〜

九二年当時における日本中世史学界の研究成果を積極的に導入している。たとえば、作中に寺田法念《てらだほうねん》という悪党が登場する。円心が法念と対面する場面は北方氏の創作であるが、法念自体は実在の人物である。東寺《とうじ》領播磨国矢野《やの》荘重藤名《しげふじみょう》を本拠とし、同荘例名《れいみょう》の公文《くもん》を務めていた。鎌倉後期から南北朝初期にかけて南禅寺《なんぜんじ》領矢野荘別名《べちみょう》を侵略し、領主の東寺とも武力衝突を繰り返し、当時の史料に「都鄙《とひ》名誉の悪党」と記された。そのため、学界でも注目されてきた人物である。北方氏は、このような人物にまで目配りして自分の作品に生かしているのである。

とは言え、現在の歴史研究では見解が変わってきている点もある。だからと言って本作の価値や魅力が下がるわけではまったくないが、せっかくなのでそのいくつかを簡単に紹介しよう。

まず、主人公赤松円心の身分であり、本作のタイトルともなっている「悪党」についてである。かつては、悪党とは新興の武士階級であり、土地を重視した鎌倉幕府の伝統的な地頭御家人《じとうごけにん》層と異なって流通を支配し、幕府に階級闘争を挑んだ反体制的な階層と理解されていた。だが近年の研究では、朝廷や幕府の訴訟において、原告が被告を糾弾《きゅうだん》する際に使用する呼称が「悪党」であったことがわかってきた。つまり、悪党という階級は存在せず、地頭御家人であっても悪党と認定されることがあり得たのである。そもそも平安《へいあん》時代の有力農民が開発した土地を守るために武装し、それを代々一所懸命に維持し、商業を嫌って農業を重視するという旧来の武士像も大きく修正されている。平清盛《たいらのきよもり》の日宋《にっそう》貿易や足利義満《よしみつ》の日明《にちみん》貿易に窺《うかが》えるように、伝統的な武士も流通経済をきわめて重視していた。その意味では、新旧の武士に本質的な違いは存在しなかったのである。

また赤松氏についても、本拠の佐用荘が六波羅探題《ろくはらたんだい》常葉範貞《ときわのりさだ》の料所であることなどから、北条《ほうじょう》一門の常葉氏に臣従した幕府御家人であった可能性が指摘されている。楠木氏も駿河《するが》国入江《いりえ》荘内楠木村を名字の地とする北条得宗《とくそう》家の家来であり、西国《さいごく》に移住して得宗領河内《かわち》国観心寺《かんしんじ》荘などを管理していたという説が出されている。吉野《よしの》で護良親王の身代わりとなって戦死する村上義光《よしてる》—義隆《よしたか》父子《おやこ》（名前は出ないが、本作にも登場する）に関しても、幕府御家人で北条氏の家来であった可能性が指摘されている。

つまり、円心や楠木正成など倒幕を担った主力は、反体制の新興武士ではなく、幕府御家人や北条氏の家来であり、むしろ伝統的な「体制側」の武士であったらしいのである。だが、であるならば、なぜ彼らは後醍醐天皇や護良親王に味方して鎌倉幕府と激しく戦ったのであろうか。その問題については今後の研究の進展が待たれるところではあるが、少なくとも「権力／反権力」といった単純な構図で分けられないのは確かである。

本作が終わった後の、その後の赤松氏についても簡単に補足したい。円心の死後、三男則祐が後を継ぐ。その頃、室町幕府では将軍足利尊氏と弟直義《ただよし》との内紛、いわゆる観応《かんのう》の擾乱《じょうらん》（一三五〇〜五二年）が勃発する。則祐は当初尊氏派として参戦するが、尊氏が不利になると戦線を離脱する。そして南朝に寝返り、赤松宮と呼ばれる南朝の皇子を奉じる。赤松宮は、大塔宮護良親王の遺児興良《おきよし》親王とされている。こうした則祐の動向に室町幕府は当然激怒し、北朝に則祐討伐を奏聞《そうもん》する。そして、尊氏の子義詮《よしあきら》が則祐と戦うために出陣する。

則祐の南朝帰参は、尊氏が直義を討つために則祐と仕組んだ「やらせ」であったとするのが通説的な見解である。だが解説者は、北朝に奏聞していることや、則祐に宛てた赤松宮の令旨が残存していることなどから、少なくとも当初は「ガチ」であったと考えている。

本作でも描かれているように、かつて赤松則祐は護良親王の側近の比叡山僧であった。畿内の山中を護良とともに潜伏して移動し、父円心に令旨を渡して倒幕を決意させた。危険な状況で、護良とずっと苦楽をともにしていたのである。その後の政治情勢で、護良の仇敵《きゅうてき》である足利尊氏に味方してその配下となったが、それでもかつての主君であった護良に対する想いを内心で抱き続けていたのではないだろうか。幕府が動揺したことで、則祐は隠していた野心を顕《あらわ》したのだと考えている。

だが則祐はすぐに幕府に復帰し、幕府と南朝との講和交渉の窓口となった。こうして成立したのが、「正平《しょうへい》の一統」（一三五一〜五二年）である。これもすぐに破綻するが、擾乱で尊氏が勝利した一因となったのは確かである。このように南朝との人脈を有していたのが、赤松氏が足利一門外の外様であるにもかかわらず幕府の重鎮として定着した最大の理由であったと考えられる。室町期の赤松氏は、幕府が伊勢国司《いせこくし》北畠《きたばたけ》氏と交渉する際の取次《とりつぎ》を務めたが、これも南北朝期の「赤松氏—護良親王—南朝北畠氏」というトライアングルの関係が継承されたものである。なお、赤松宮は延文《えんぶん》五年（一三六〇）に吉野で南朝後村上《ごむらかみ》天皇に対して謀叛《むほん》を起こすが、この戦力を担ったのは則祐の弟で円心の四男である氏範《うじのり》であった。

史実の説明はこのくらいにして、最後に解説者が考える北方小説の魅力について語ろう。北方作品は権力に反抗する男たちを描いていると評されることが多い。だが単に時の権力者に無謀に刃向かうのではなく、権力者を打倒した後の新たな国家をいかに構築するのかについて、登場人物がかなり明確なビジョンを有している点が注目できる。

たとえば、本作の護良親王は武士を廃止し、三〇万人程度の常備軍で国家を防衛する構想を抱いている。それはあまりにも非現実的で、そのため護良も敗北して悲劇的な最期を迎えるわけであるが、史実でこの約五〇〇年後に武士が廃止されて近代国家の軍隊が誕生したことを想起すれば、創作とは言え護良の構想は荒唐無稽とは言えまい。

主人公の赤松円心も、日本の歴史に重要な関与を果たし、爪痕を残すことを常に夢見ている。実力で富や兵を蓄積するのも、その機会が到来した時に備えてであった。かつて寺田法念に協力しなかったのも、倒幕のために即座に挙兵しなかったのも、すべて時を慎重に見定めていたためである。

現状に不平不満を抱いてただ暴れるだけではなく、対案を掲げてその実現に向けて具体的に邁進《まいしん》する。それを明確にかつおもしろく描き、読者に届けてくれる。それこそが北方謙三氏の小説の魅力であり、特質であると言えるのではないだろうか。

（かめだ・としたか　日本中世史学者）

『悪党の裔』
初出　「中央公論」一九九一年十二月号～一九九二年十月号
単行本　一九九二年十一月　中央公論社刊
文庫　一九九五年十二月　中公文庫刊

本書は、右文庫『悪党の裔　下』の新装版です。
刊行にあたり、解説を新たにしました。

中公文庫

# 悪党《あくとう》の裔《すえ》（下《げ》）
## ——新装版《しんそうばん》

1995年12月18日　初版発行
2021年10月25日　改版発行

著　者　北方《きたかた》　謙三《けんぞう》

発行者　松田　陽三

発行所　中央公論新社
〒100-8152　東京都千代田区大手町1-7-1
電話　販売 03-5299-1730　編集 03-5299-1890
URL http://www.chuko.co.jp/

DTP　ハンズ・ミケ
印　刷　三晃印刷
製　本　小泉製本


Printed in Japan　ISBN978-4-12-207125-4 C1193

各書目の下段の数字はISBNコードです。978－4－12が省略してあります。

# 中公文庫既刊より

き-17-8
絶海にあらず（上）
北方謙三
京都・勧学院別曹の主、純友。赴任した伊予の地で、「藤原一族のはぐれ者」は己の生きる場所を海と定め、律令の世に牙を剝いた！ 渾身の歴史長篇。
205034-1

き-17-9
絶海にあらず（下）
北方謙三
海の上では、俺は負けん――承平・天慶の乱で将門とともにその名を知られる瀬戸内の「海賊」純友。夢を追い、心のままに生きた男の生涯を、大海原を舞台に描く！
205035-8

き-17-10
魂の沃野（上）
北方謙三
加賀の地に燃え拡がる一向一揆の炎。蓮如や守護・富樫政親との奇縁から、闘いに身を投じることになった地侍・小十郎の青春を描く血潮たぎる歴史巨篇開幕！
206781-3

き-17-11
魂の沃野（下）
北方謙三
蓮如の吉崎退去、小十郎の恋、そして守護・政親の強権。加賀の雪が、血に染まる時が近づいていた。一向一揆を生きた男たちそれぞれの明日。〈解説〉清水克行
206782-0

う-26-3
安徳天皇漂海記
宇月原晴明
若き詩人王は詠い、巡遣使マルコ・ポーロは追う。神器に封じられた幼き帝を――。海を渡り時を越え紡がれる幻想の一大叙事詩。第十九回山本周五郎賞受賞作。
205105-8

し-6-27
韃靼《だったん》疾風録（上）
司馬遼太郎
九州平戸島に漂着した韃靼公主を送って、謎多いその故国に赴く平戸武士桂庄助の前途に待ちかまえていたものは。東アジアの海陸に展開される雄大なロマン。
201771-9

し-6-28
韃靼疾風録（下）
司馬遼太郎
文明が衰退した明とそれに挑戦する女真との間に激しい攻防戦が始まった。韃靼公主アビアと平戸武士桂庄助を軸にした壮大な歴史ロマン。大佛次郎賞受賞作。
201772-6

し-6-37
花の館《やかた》・鬼灯《ほおずき》
司馬遼太郎
応仁の乱前夜、欲望と怨念にもだえつつ救済を求めて彷徨する人たち。足利将軍義政を軸に、この世の正義とは何かを問う「花の館」など野心的戯曲二篇。
202154-9

し-6-46
日本人と日本文化〈対談〉
司馬遼太郎
ドナルド・キーン
日本文化の誕生から日本人のモラルや美意識にいたる〈双方の体温で感じとった日本文化〉を縦横に語りあいながら、世界的視野で日本人の姿を見定める。
202664-3

し-6-59
司馬遼太郎歴史歓談Ⅰ 日本人の原型を探る
司馬遼太郎 他著
出雲美人の話から空海、中世像、関ヶ原の戦いの人間模様まで。湯川秀樹、岡本太郎、森浩一、網野善彦氏らとの対談、座談で読む司馬遼太郎の日本通史。
204422-7

し-6-60
司馬遼太郎歴史歓談Ⅱ 二十世紀末の闇と光
司馬遼太郎 他著
近世のお金の話、坂本龍馬、明治維新から東京五輪まで。日本の歴史を追い、未来を考える、大宅壮一、三島由紀夫、桑原武夫氏らとの対談、座談二十一篇を収録。
204451-7

し-6-61
司馬遼太郎
歴史のなかの邂逅1
空海～斎藤道三
司馬遼太郎
その人の生の輝きが時代の扉を押しあけた――。歴史上の人物の魅力を発掘したエッセイを古代から時代順に集大成。第一巻には司馬文学の奥行きを堪能させる二十七篇を収録。
205368-7

し-6-62
司馬遼太郎
歴史のなかの邂逅2
織田信長～豊臣秀吉
司馬遼太郎
人間の魅力とは何か――。織田信長、豊臣秀吉、古田織部など、室町末期から戦国時代を生きた男女の横顔を描き出す人物エッセイ二十三篇。
205376-2

し-6-63
司馬遼太郎
歴史のなかの邂逅3
徳川家康～高田屋嘉兵衛
司馬遼太郎
徳川家康、石田三成ら関ヶ原前後の諸大名の生き様や、徳川時代に爆発的な繁栄をみせた江戸の人間模様など、歴史のなかの群像を論じた人物エッセイ。
205395-3

し-6-64
司馬遼太郎
歴史のなかの邂逅4
勝海舟～新選組
司馬遼太郎
第四巻は動乱の幕末を舞台に、新選組や河井継之助、緒方洪庵、勝海舟など、白熱する歴史のなかの群像を論じた人物エッセイ二十六篇を収録。
205412-7

各書目の下段の数字はISBNコードです。978－4－12が省略してあります。

し-6-65
司馬遼太郎
歴史のなかの邂逅5
坂本竜馬～吉田松陰
司馬遼太郎
吉田松陰、坂本竜馬、西郷隆盛ら変革期を生きた人々の様々な運命。『竜馬がゆく』など幕末維新をテーマに数々の傑作長編が生まれた背景を伝える二十二篇。
205429-5

し-6-66
司馬遼太郎
歴史のなかの邂逅6
村田蔵六～西郷隆盛
司馬遼太郎
西郷隆盛、岩倉具視、大久保利通、江藤新平など、明治維新という日本史上最大のドラマをつくりあげた立役者たち。時代を駆け抜けた彼らの横顔を伝える二十一篇を収録。
205438-7

し-6-67
司馬遼太郎
歴史のなかの邂逅7
正岡子規～秋山好古・真之
司馬遼太郎
傑作『坂の上の雲』に描かれた正岡子規、秋山兄弟をはじめ、日本の前途を信じた明治期の若者たちの、底ぬけの明るさと痛々しさと――。人物エッセイ二十二篇。
205455-4

し-6-68
司馬遼太郎
歴史のなかの邂逅8
ある明治の庶民
司馬遼太郎
歴史上の人物の魅力を発掘したエッセイの集大成、全八巻ここに完結。最終巻には明治期の日本人から祖父・福田惣八、ゴッホや八大山人まで十七篇を収録。
205464-6

と-26-26
早雲の軍配者（上）
富樫倫太郎
北条早雲に見出された風間小太郎。軍配者となるべく送り込まれた足利学校では、互いを認め合う友に出会い――。新時代の戦国青春エンターテインメント！
205874-3

と-26-27
早雲の軍配者（下）
富樫倫太郎
互いを認め合う小太郎と勘助、冬之助は、いつか敵味方にわかれて戦おうと誓い合う。扇谷上杉軍へ攻め込む北条軍に同行する小太郎が、戦場で出会うのは――。
205875-0

と-26-40
北条早雲1 青雲飛翔篇
富樫倫太郎
一代にして伊豆・相模を領する大名にのし上がる風雲児の、知られざる物語が幕を開ける！ 備中での幼少期から、幕府の役人となり駿河での密命を果すまで。
206838-4

と-26-41
北条早雲2 悪人覚醒篇
富樫倫太郎
再び紛糾する今川家の家督問題を解決するため、後の「北条早雲」こと伊勢新九郎は、駿河への下向を決意する。型破りな戦国大名の原点がここに！
206854-4

と-26-42
北条早雲3　相模侵攻篇
富樫倫太郎
この世の地獄を減らすため、相模と武蔵も自分が支配するべきではないか――僧になった〝悪党〟が、途方もない夢に向かい、小田原城奪取に動く緊迫の展開！
206873-5

と-26-43
北条早雲4　明鏡止水篇
富樫倫太郎
宿敵・足利茶々丸との血みどろの最終戦と悲願の伊豆統一、再びの小田原城攻め……己の理想のため鬼と化した男にもはや安息はない。屍が導く関東への道！
206882-7

と-26-44
北条早雲5　疾風怒濤篇
富樫倫太郎
相模統一に足踏みする伊勢宗瑞が、苦悩の末に選んだ最終手段。三浦氏との凄惨な決戦は、極悪人にして名君の悲願を叶えるか。人気シリーズ、ついに完結！
206900-8

み-10-21
一休
水上勉
権力に抗し、教団を捨て、地獄の地平で痛憤の詩をうたい、盲目の森女との愛に惑溺した伝説の人一休の生涯を追跡する。谷崎賞受賞。〈解説〉中野孝次
202853-1

み-10-23
禅とは何か　それは達磨から始まった
水上勉
栄西、道元、大燈、関山、一休、正三、沢庵、桃水、白隠、盤珪、良寛の生涯と思想。達磨に始まり日本で独自に発展した歴史を総覧できる名著を初文庫化。
206675-5

み-10-25
「般若心経」を読む
水上勉
幼少時代の誦読と棚経を回顧、一休和尚や正眼国師（盤珪禅師）の訳や解釈を学び直し、原点から人間の性を見つめ直す水上版「色即是空」。〈解説〉高橋孝次
206886-5

も-28-1
皇子《おうじ》たちの南北朝　後醍醐天皇の分身
森茂暁
後醍醐天皇の夢実現のために命さえ惜しまず働く皇子たち。南北両朝統合に至る激動の時代に全青春を費やした彼らの姿を通し、新たな南北朝史を描く。
204930-7

S-2-6
日本の歴史6　武士の登場
竹内理三
平安末期、東西の辺地から登場した武士たちは、都の貴族にかわって平氏政権をうちたてる。驕れる清盛死してやがて壇ノ浦合戦に至る波瀾の時代。〈解説〉入間田宣夫
204438-8

各書目の下段の数字はISBNコードです。978－4－12が省略してあります。

S-2-7
## 日本の歴史7　鎌倉幕府
石井　進

源頼朝、鎌倉幕府を開く。まったく新しい武家政権の誕生である。守護地頭の新制度、堅い結束と目まぐるしい離反抗争等、鎌倉武士の息吹を伝える。〈解説〉五味文彦

204455-5

S-2-8
## 日本の歴史8　蒙古襲来
黒田　俊雄

蒙古襲来をからくも避けた中世日本は、その余波にゆさぶられ、新体制をめざす公家・武家・農民の三つ巴の活動に覆われ、来るべき動乱を予告する。〈解説〉海津一朗

204466-1

S-2-9
## 日本の歴史9　南北朝の動乱
佐藤　進一

建武の新政ののち、日本全国を捲きこんだ動乱の六十年を詳細にたどる。足利尊氏・直義、南朝三党の争いきわまり、義満の国内統一が山となる。〈解説〉森　茂暁

204481-4

S-2-10
## 日本の歴史10　下剋上の時代
永原　慶二

足利幕府の力弱く、暗殺、一揆、叛乱、飢饉がうち続き、ついに応仁の乱に突入する。下剋上の風潮地をおおい、乱世のきわみといえる時代の姿。〈解説〉永原慶二

204495-1

キ-3-30
## 日本文学史　古代・中世篇四
ドナルド・キーン
土屋政雄訳

武士の時代が到来し、悲劇的素材を巧みに扱い日本の民族叙事詩となった『平家物語』。宮廷和歌の最後を飾る『新古今集』で世の無常を歌った西行の活躍。

205823-1

キ-3-31
## 日本文学史　古代・中世篇五
ドナルド・キーン
土屋政雄訳

鎌倉時代、世代を超えた名随筆『徒然草』の誕生。劇的な軍記物語『曽我物語』や『義経記』における悲劇性と、室町時代に宮廷で流行した連歌について。

205842-2

キ-3-32
## 日本文学史　古代・中世篇六
ドナルド・キーン
土屋政雄訳

室町から安土桃山時代。僧侶や武士の描いた日記や、五山文学とよばれた漢詩文をはじめ、能・狂言や御伽草子など、後世にまで伝わる豊饒な文学世界を描く。

205868-2

S-14-10
## マンガ日本の古典10　平家物語（上）
横山　光輝

平家一門の栄枯盛衰を描く軍記物語の最高傑作。三国志などの中国史ものを長く手がけてきた著者が中世日本の幕開けを告げる内乱の時代を活写する。

203579-9

S-14-11
マンガ日本の古典 11 平家物語（中）
横山光輝
清盛が太政大臣の位をきわめて十三年後、ついに反平家の勢力が結集した――。後白河院、清盛、頼朝の権力闘争を軸に揺籃の時代を描く一大叙事詩。
203605-5

S-14-12
マンガ日本の古典 12 平家物語（下）
横山光輝
木曾義仲が京に迫るなか、清盛を失った平家は都を捨て西へ落ちてゆく。滅びの哀感に彩られた壇ノ浦の決戦を、中国史マンガの泰斗が詩情豊かに描く。
203622-2

S-14-13
マンガ日本の古典 13 とはずがたり
いがらしゆみこ
後深草院の後宮二条が、みずからの半生を綴った日記・紀行文学。鎌倉中期の宮廷で数奇な体験を重ねつつ、自己を確立し成長していく女性の姿を描く。
203639-0

S-14-14
マンガ日本の古典 14 吾妻鏡（上）
竹宮惠子
日記体で記された鎌倉幕府の公用記録書を、稀代のストーリーテラーが物語化。躍動感溢れるタッチで中世武家社会を描き、源頼朝の実像に迫る。
203656-7

S-14-15
マンガ日本の古典 15 吾妻鏡（中）
竹宮惠子
御家人の粛清、公文所、問注所の設置と鎌倉幕府開設への準備を着々と進める頼朝にとって最後の障碍は、平氏追討に大功を立てた義経の存在だった……⁉

203673-4

S-14-16
マンガ日本の古典 16 吾妻鏡（下）
竹宮惠子
頼朝の死。頼家、実朝の暗殺。政子が鎌倉の長となり、北条による執権政治が始まる。御家人の動静をきめこまかに追いながら武家政権確立の時代を描く。
203688-8

S-14-17
マンガ日本の古典 17 徒然草
バロン吉元
自然観、人生観、恋愛観から有識故実にいたるまで知識人兼好が縦横無尽に綴る随筆文学の傑作。中世の人々の心のありさま、理想をかいま見る。
203705-2

S-14-18
マンガ日本の古典 18 太平記（上）
さいとう・たかを
鎌倉幕府滅亡から南北朝時代を経て足利義満が将軍に就くまで――。「劇画」の第一人者が、合戦につぐ合戦に彩られた時代を迫真のタッチで描く。
203721-2

各書目の下段の数字はISBNコードです。978－4－12が省略してあります。

S-14-19
マンガ日本の古典 19 太平記（中）
さいとう・たかを
楠木正成や佐々木道誉、高師直など、伝統的な秩序を乗り越えて自己の欲求実現を追求する「新しい」武将たちを、劇画界の巨匠がいきいきと描き出す。
203738-0

S-14-20
マンガ日本の古典 20 太平記（下）
さいとう・たかを
後醍醐帝崩御から十年後。夜空に雷光が走りぬけ、将軍塚が鳴動、清水寺が焼亡するなど、京に不吉な現象が続く。磐石の尊氏政権に再び騒擾勃発か……。
203751-9

S-14-21
マンガ日本の古典 21 御伽草子
やまだ紫
中世に書かれた童話色の濃い一群の短篇読み物から「長谷雄草子」「猫の草子」など六篇を収める。明快に軽妙に描く、やまだ流〝世にも不思議な物語〟。
203764-9

S-27-7
新装版 日本の歴史マンガ 7 平氏政権と後白河院政
石ノ森章太郎
武士・寺社ら諸勢力が乱立するなか白河天皇により院政が生まれるが、鳥羽法皇死没を機に勃発した保元・平治の乱を経て平清盛による初の武家政権成立へと向かう。
206949-7

S-27-8
新装版 日本の歴史マンガ 8 鎌倉幕府の成立と承久の乱
石ノ森章太郎
源平争乱に勝利した頼朝は義経及び奥州藤原氏を討滅し東国に幕府を確立。頼朝亡きあと尼将軍北条政子のもと幕府は内紛、実朝暗殺を契機に承久の乱を迎える。
206950-3

S-27-9
新装版 日本の歴史マンガ 9 蒙古襲来と室町幕府の成立
石ノ森章太郎
フビライの国書を無視した鎌倉幕府に蒙古襲来という〝国難〟が迫る。北条専制により幕府の権威は揺らぎ、後醍醐帝と足利尊氏という両巨星が頭角を顕す。
206951-0

S-27-10
新装版 日本の歴史マンガ 10 南北朝動乱と足利義満
石ノ森章太郎
後醍醐帝が吉野に行宮を設け、南北朝が分立。足利尊氏・直義の兄弟争いも勃発した動乱を経て、三代将軍義満は、将軍絶対の新時代到来を天下に示す。
206952-7

S-27-11
新装版 日本の歴史マンガ 11 室町幕府の衰退と応仁の乱
石ノ森章太郎
有力守護大名のくじ引きで足利義教が六代将軍となるも飢餓と悪疫が流行するなか日本初の土民蜂起が発生。続く応仁の乱は栄華を誇った京の都を焦土と化す。
206953-4